71. Jahrgang

Reclams Literaturjahr 2025

Reclam

Reclams Literaturjahr (vormals Reclams Literatur-Kalender)
begründet 1954 von Albert Haueis (1909–1998)

MIX
Papier aus verantwortungsvollen Quellen
FSC® C019821

RECLAMS UNIVERSAL-BIBLIOTHEK Nr. 14550
2024 Philipp Reclam jun. Verlag GmbH,
Siemensstraße 32, 71254 Ditzingen
Umschlagabbildung und Illustration: Tanja Kischel
Druck und Bindung: Druckerei C.H.Beck,
Bergerstraße 3–5, 86720 Nördlingen
Printed in Germany 2024

ISBN 978-3-15-014550-0
www.reclam.de

Inhalt

Jubiläen der Weltliteratur

Januar

1. **Rüdiger Safranski**
80. Geburtstag

*1.1.1945 Rottweil

Bov Bjerg (d.i. Rudolf ›Rolf‹ Schmidt)
60. Geburtstag

*1.1.1965 Heiningen

2. **David McKee**
90. Geburtstag

*2.1.1935 Tavistock (UK)
†6.4.2022 Nizza (Frankreich)

3. **Renate Rasp-Budzinski**
90. Geburtstag

*3.1.1935 Berlin
†21.7.2015 München

13. **Daniel Kehlmann**
50. Geburtstag

*13.1.1975 München

14. **Albert Schweitzer**
150. Geburtstag

*14.1.1875 Kaysersberg (heute Frankreich)
†4.9.1965 Lambaréné (Gabun)

Januar

16. **Inger Christiansen**
90. Geburtstag

*16.1.1935 Vejle (Dänemark)
†2.1.2009 Kopenhagen

18. **Gilles Deleuze**
100. Geburtstag

*18.1.1925 Paris
†4.11.1995 Paris

20. **Adam Gottlob Oehlenschläger**
175. Todestag

*14.11.1779 Kopenhagen
†20.1.1850 Kopenhagen

Eugen Gomringer
100. Geburtstag

*20.1.1925 Cachuela Esperanza (Bolivien)

Ernesto Cardenal
100. Geburtstag

*20.1.1925 Granada (Nicaragua)
†1.3.2020 Managua (Nicaragua)

21. **Mascha Kaléko**
50. Todestag

*7.6.1907 Chrzanów
(Österreich-Ungarn, heute Polen)
†21.1.1975 Zürich

Januar

21. **George Orwell**
75. Todestag

* 25. 6. 1903 Motihari (Indien)
† 21. 1. 1950 London

22. **Else Lasker-Schüler**
80. Todestag

* 11. 2. 1869 Elberfeld
† 22. 1. 1945 Jerusalem

Alfred Wolfenstein
80. Todestag

* 28. 12. 1883 Halle
† 22. 1. 1945 Paris

25. **Gloria Naylor**
75. Geburtstag

* 25. 1. 1950 New York
† 28. 9. 2016 Christiansted (USA)

27. **Friedrich Wilhelm Joseph Schelling**
250. Geburtstag

* 27. 1. 1775 Leonberg
† 20. 8. 1854 Bad Ragaz (Schweiz)

Benjamin von Stuckrad-Barre
50. Geburtstag

* 27. 1. 1975 Bremen

Januar

30. **Fritz Eckenga**
70. Geburtstag

*30.1.1955 Bochum

31. **Kenzaburō Ōe**
90. Geburtstag

*31.1.1935 Ose (Japan)
†3.3.2023 Tokio

Februar

2. **Johann Christoph Gottsched**
325. Geburtstag

* 2. 2. 1700 Juditten (Königsberg, Preußen)
† 12. 12. 1766 Leipzig

4. **Patricia Highsmith**
30. Todestag

* 19. 1. 1921 Fort Worth (Texas)
† 4. 2. 1995 Locarno

8. **John Grisham**
70. Geburtstag

* 8. 2. 1955 Jonesboro (Arkansas, USA)

10. **Arthur Miller**
20. Todestag

* 17. 10. 1915 Harlem (New York, USA)
† 10. 2. 2005 Roxbury (Connecticut, USA)

11. **René Descartes**
375. Todestag

* 31. 3. 1596 La Haye en Touraine (Frankreich)
† 11. 2. 1650 Stockholm (Schweden)

Hans-Georg Gadamer
125. Geburtstag

* 11. 2. 1900 Marburg
† 13. 3. 2002 Marburg

Februar

12. **Charles M. Schulz**
25. Todestag

* 26. 11. 1922 Minneapolis
(Minnesota, USA)
† 12. 2. 2000 Santa Rosa (Kalifornien, USA)

Håkan Nesser
75. Geburtstag

* 21. 2. 1950 Kumla (Schweden)

24. **Etel Adnan**
100. Geburtstag

* 24. 2. 1925 Beirut
† 14. 11. 2021 Paris

Yüksel Pazarkaya
85. Geburtstag

* 24. 2. 1940 Izmir

26. **Irena Brežná**
75. Geburtstag

* 26. 2. 1950 Bratislava
(Tschechoslowakei, heute Slowakei)

28. **Sophie Tieck**
250. Geburtstag

* 28. 2. 1775 Berlin
† 1. 10. 1833 Reval (heute Tallinn, Estland)

Februar

28. **Maurice Renard**
150. Geburtstag

* 28. 2. 1875 Châlons-sur-Marne (Frankreich)
† 18. 11. 1939 Rochefort (Frankreich)

März

4. **Enrique Rodríguez Larreta Maza**
150. Geburtstag

* 4.3.1875 Buenos Aires
† 6.7.1961 Buenos Aires

12. **Heinrich Mann**
75. Todestag

* 27.3.1871 Lübeck
† 12.3.1950 Santa Monica (Kalifornien, USA)

13. **Ingeborg ›Inge‹ Müller**
100. Geburtstag

* 13.3.1925 Berlin
† 1.7.1966 Berlin (DDR)

Ivo Andrić
50. Todestag

* 9.10.1892 Dolac (Bosnien)
† 13.03.1975 Belgrad

16. **Selma Lagerlöf**
85. Todestag

* 20.11.1858 Gut Mårbacka (Schweden)
† 16.3.1940 Gut Mårbacka (Schweden)

März

17. **Thomas Melle**
50. Geburtstag

*17.3.1975 Bonn

19. **Kirsten Boie**
75. Geburtstag

*19.3.1950 Hamburg

Edgar Rice Burroughs
75. Todestag

*1.9.1875 Chicago (Illinois, USA)
†19.3.1950 Encino (Kalifornien, USA)

21. **Hubert Fichte**
90. Geburtstag

*21.3.1935 Perleberg
†8.3.1986 Hamburg

22. **Wolfgang Bächler**
100. Geburtstag

*22.3.1925 Augsburg
†24.5.2007 München

23. **Erich Fromm**
125. Geburtstag

*23.3.1900 Frankfurt a. M.
†18.3.1980 Muralto (Schweiz)

März

24. **Jules Verne**
120. Todestag

* 8. 2. 1828 Nantes (Frankreich)
† 24. 3. 1905 Amiens (Frankreich)

Peter Bichsel
90. Geburtstag

* 24. 3. 1935 Luzern (Schweiz)

25. **Mary Flannery O'Connor**
100. Geburtstag

* 25. 3. 1925 Savannah (Georgia, USA)
† 3. 8. 1964 Baldwin County(Georgia, USA)

27. **Harry Rowohlt**
80. Geburtstag

* 27. 3. 1945 Hamburg
† 15. 6. 2015 Hamburg

30. **Rudolf Steiner**
100. Todestag

* 27. 2. 1861 Donji Kraljevec (Österreich-Ungarn, heute Kroatien)
† 30. 3. 1925 Dornach (Schweiz)

Uwe Timm
85. Geburtstag

* 30. 3. 1940 Hamburg

April

1.

Edgar Wallace
150. Geburtstag

*1.4.1875 Greenwich (Großbritannien)
†10.2.192 Hollywood (Kalifornien, USA)

Thomas Kling
20. Todestag

*5.6.1957 Bingen
†1.4.2005 Dormagen

2.

Giacomo Girolamo Casanova
300. Geburtstag

*2.4.1725 Venedig
†4.6.1798 Duchcov (Böhmen)

3.

Märta Eleonora Tikkanen
90. Geburtstag

*3.4.1935 Helsinki

7.

Georg Herwegh
150. Todestag

*31.5.1817 Stuttgart
†7.4.1875 Lichtental

8.

Albert Ehrenstein
75. Todestag

*23.12.1886 Ottakring (Österreich-Ungarn)
†8.4.1950 New York City (USA)

April

9. **Fritz Baedeker**
100. Todestag

*4.12.1844 Koblenz
†9.4.1925 Leipzig

Dietrich Bonhoeffer
80. Todestag

*4.2.1906 Breslau (heute Polen)
†9.4.1945 KZ Flossenbürg

11. **Fred Uhlman**
40. Todestag

*19.1.1901 Stuttgart
†11.4.1985 London

13. **Günter Grass**
10. Todestag

*16.10.1927 Danzig
†13.4.2015 Lübeck

Ernst Cassirer
80. Todestag

*18.7.1874 Breslau (heute Polen)
†13.4.1945 New York City (USA)

Jean-Marie Gustave Le Clézio
85. Geburtstag

*13.4.1940 Nizza

April

16. **Sarah Kirsch**
90. Geburtstag

*16.4.1935 Limlingerode
†5.5.2013 Heide

23. **Albrecht Haushofer**
80. Todestag

*7.1.1903 München
†23.4.1945 Berlin

Rolf Dieter Brinkmann
50. Todestag

*16.4.1940 Vechta
†23.4.1975 London

24. **Alfred Polgar**
70. Todestag

*17.10.1873 Wien
†24.4.1955 Zürich

30. **Ulla Hahn**
80. Geburtstag

*30.4.1945 Brachthausen

Mai

6. **Orson Welles**
110. Geburtstag

* 6. 5. 1915 Kenosha
(Wisconsin, USA)
† 10. 10. 1985 Los Angeles
(Kalifornien, USA)

Hanns Dieter Hüsch
100. Geburtstag

* 6. 5. 1925 Moers
† 6. 12. 2005 Werfen

12. **Magda Trott (d. i. Lena Torahn)**
80. Todestag

* 20. 3. 1880 Freystadt
(Schlesien, heute Polen)
† 12. 5. 1945 Misdroy
(Pommern, heute Polen)

14. **Jens Sparschuh**
70. Geburtstag

* 14. 5. 1955 Chemnitz

16. **Hannes Hegen**
(d. i. Johannes Eduard Hegenbarth)
100. Geburtstag

* 16. 5. 1925 Böhmisch Kamnitz
(Tschechoslowakei, heute Tschechien)
† 8. 11. 2014 Berlin

Mai

19. **Malcolm X (d. i. Malcolm Little)**
100. Geburtstag

* 19. 5. 1925 Omaha (Nebraska, USA)
† 21. 2. 1965 New York City (USA)

20. **Matthias Politycki**
70. Geburtstag

* 20. 5. 1955 Karlsruhe

24. **Joseph Brodsky**
85. Geburtstag

* 24. 5. 1940 Leningrad
† 28. 1. 1996 New York

25. **Rosario Castellanos Figueroa**
100. Geburtstag

* 25. 5. 1925 Mexiko-Stadt
† 7. 8. 1974 Tel Aviv

26. **Doris Dörrie**
70. Geburtstag

* 26. 5. 1955 Hannover

Juni

4. **Eduard Mörike**
150. Todestag

* 8. 9. 1804 Ludwigsburg
† 4. 6. 1875 Stuttgart

6. **Thomas Mann**
150. Geburtstag

* 6. 6. 1875 Lübeck
† 12. 8. 1955 Zürich

Harry Rowohlt
10. Todestag

* 27. 3. 1945 Hamburg
† 15. 6. 2015 Hamburg

9. **Ernst Jandl**
25. Todestag

* 1. 8. 1925 Wien
† 9. 6. 2000 Wien

Mirko Bonné
60. Geburtstag

* 9. 6. 1965 Tegernsee

William Butler Yeats
160. Geburtstag

* 13. 6. 1865 Sandymount (Irland)
† 28. 1. 1939 Menton (Frankreich)

Juni

21. **Jean-Paul Sartre**
120. Geburtstag

* 21. 6. 1905 Paris
† 15. 4. 1980 Paris

Françoise Sagan (d. i. Françoise Quoirez)
90. Geburtstag

* 21. 6. 1935 Cajarc (Frankreich)

26. **Peter Gaymann**
75. Geburtstag

* 26. 6. 1950 Freiburg im Breisgau

28. **Marlene Streeruwitz**
75. Geburtstag

* 28. 6. 1950 Baden bei Wien

29. **Antoine de Saint-Exupéry**
125. Geburtstag

* 29. 6. 1900 Lyon
† 31. 7. 1944 bei Marseille

30. **Alice Berend**
150. Geburtstag

* 30. 6. 1875 Berlin
† 2. 4. 1938 Florenz

Juli

3. **Matt Haig**
50. Geburtstag
*3.7.1975 Sheffield

5. **Carl Einstein**
85. Todestag
* 26.4.1885 Neuwied
† 5.7.1940 bei Pau (Frankreich)

Josef Haslinger
70. Geburtstag
* 5.7.1955 Zwettl (Österreich)

11. **Kurt Pinthus**
50. Todestag
* 29.4.1886 Erfurt
† 11.7.1975 Marbach/Neckar

16. **Heinrich Böll**
40. Todestag
* 21.12.1917 Köln
† 16.7.1985 Kreuzau-Langenbroich

17. **Bastian Sick**
60. Geburtstag
* 17.7.1965 Lübeck

Juli

20. **Frantz Fanon**
100. Geburtstag

* 20. 7. 1925 Fort-de-France (Martinique)
† 6. 12. 1961 Bethesda (Maryland, USA)

Paul Valéry
80. Todestag

* 30. 10. 1871 Sète (Frankreich)
† 20. 7. 1945 Paris

Stig Larsson
70. Geburtstag

* 20. 7. 1955 Skellefteå

24. **Zelda Fitzgerald**
125. Geburtstag

* 24. 7. 1900 Montgomery (Alabama, USA)
† 10. 3. 1948 Asheville (North Carolina, USA)

26. **Carl Gustav Jung**
150. Geburtstag

* 26. 7. 1875 Kesswil (Schweiz)
† 6. 6. 1961 Küsnacht (Schweiz)

31. **Joanne K. Rowling**
60. Geburtstag

* 31. 7. 1965 Chipping Sodbury (Großbritannien)

August

1. **Ernst Jandl**
100. Geburtstag
* 1.8.1925 Wien
† 9.6.2000 Wien

2. **Jussi Adler-Olsen**
75. Geburtstag
* 2.8.1950 Kopenhagen

4. **Hans Christian Andersen**
150. Todestag
* 2.4.1805 Odense (Dänemark)
† 4.8.1875 Kopenhagen

5. **Guy de Maupassant**
175. Geburtstag
* 5.8.1850 Tourville-sur-Arques
† 6.7.1893 Paris

Friedrich Engels
130. Todestag
* 28.11.1820 Barmen
† 5.8.1895 London

12. **Thomas Mann**
70. Todestag
* 6.6.1875 Lübeck
† 12.8.1955 Zürich

August

14. **Murilo Monteiro Mendes**
50. Todestag

*13.5.1901 Juiz de Flora (Brasilien)
†14.8.1975 Lissabon

15. **Roger Willemsen**
70. Geburtstag

*15.8.1955 Bonn
†7.2.2016 Wentorf

18. **Honoré de Balzac**
175. Todestag

*20.5.1799 Tours (Frankreich)
†18.8.1850 Paris

21. **Ali Mitgutsch**
90. Geburtstag

*21.8.1935 München
†10.1.2022 München

22. **Edna Annie Proulx**
90. Geburtstag

*22.8.1935 Norwich (Connecticut, USA)

25. **Friedrich Wilhelm Nietzsche**
125. Todestag

*15.10.1844 Röcken
†25.8.1900 Weimar

August

25. **Daniela Krien**
50. Geburtstag
* 25. 8. 1975 Neu Kalifß

Thomas Meinecke
70. Geburtstag
* 25. 8. 1955 Hamburg

26. **Franz Werfel**
80. Todestag
* 10. 9. 1890 Prag
† 26. 8. 1945 Beverly Hills (Kalifornien, USA)

28. **Michael Ende**
30. Todestag
* 12. 11. 1929 Garmisch
† 28. 8. 1995 Filderstadt

30. **Helge Schneider**
70. Geburtstag
* 30. 8. 1955 Mülheim an der Ruhr

September

1. **Edgar Rice Burroughs**
150. Geburtstag

* 1.9.1875 Chicago (Illinois, USA)
† 19.3.1950 Encino (Kalifornien, USA)

2. **Johannes Bobrowski**
60. Todestag

* 9.4.1917 Tilsit (heute Russland)
† 2.9.1965 Berlin (DDR)

4. **Albert Schweitzer**
60. Todestag

* 14.1.1875 Kaysersberg (heute Frankreich)
† 4.9.1965 Lambaréné (Gabun)

8. **Helga M. Novak**
90. Geburtstag

* 8.9.1935 Berlin
† 24.12.2013 Rüdersdorf bei Berlin

13. **Rolf Kauka**
25. Todestag

* 9.4.1917 Markranstädt
† 13.9.2000 Thomasville (Georgia, USA)

Itō Hiromi
70. Geburtstag

* 13.9.1955 Tokio

September

16. **Friedrich Karl Waechter**
20. Todestag

* 3.11.1937 Danzig (heute Polen)
† 16.9.2005 Frankfurt a. M.

19. **Sophie Marie Therese Brentano**
225. Todestag

* 15.8.1776 Ehrenbreitstein
† 19.9.1800 Oßmannstedt

Italo Calvino
40. Todestag

* 15.10.1923 Santiago de las Vegas (Kuba)
† 19.9.1985 Siena (Italien)

28. **Georg Seidel**
80. Geburtstag

* 28.9.1945 Dessau
† 3.6.1990 Berlin

29. **Ingrid Noll**
90. Geburtstag

* 29.9.1935 Shanghai

Oktober

3. **Thomas Wolfe**
125. Geburtstag

*3.10.1900 Asheville
(North Carolina, USA)
†15.9.1938 Baltimore (Maryland, USA)

Gore Vidal (d. i. Eugene Luther Vidal jr.)
100. Geburtstag

*3.10.1925 West Point
(New York, USA)
†31.7.2012 Los Angeles
(Kalifornien, USA)

4. **Jacqueline Pascal**
400. Geburtstag

*4.10.1625 in Clermont-Ferrand
(Frankreich)
†4.10.1661 in Port-Royal des Champs
(Frankreich)

8. **Felix Salten (d. i. Siegmund Salzmann)**
80. Todestag

*6.9.1869 Pest (Österreich-Ungarn)
†8.10.1945 Zürich

Hans Joachim Schädlich
90. Geburtstag

*8.10.1935 Reichenbach

Oktober

10. **Orson Welles**
40. Todestag

* 6.5.1915 Kenosha (Wisconsin, USA)
† 10.10.1985 Los Angeles (Kalifornien, USA)

Harold Pinter
95. Geburtstag

* 10.10.1930 London
† 24.12.2008 London

11. **Conrad Ferdinand Meyer**
200. Geburtstag

* 11.10.1825 Zürich
† 28.11.1898 Kilchberg (Schweiz)

Elmore Leonard
100. Geburtstag

* 11.10.1925 New Orleans (Louisiana, USA)
† 20.8.2013 Bloomfield Hills (Michigan, USA)

Adelaida García Morales
80. Geburtstag

* 11.10.1945 Badajoz (Spanien)
† 22.9.2014 Dos Hermanas (Spanien)

Oktober

17. **Choi In-ho**
80. Geburtstag

* 17. 10. 1945 Seoul
† 25. 9. 2013

18. **José Ortega y Gasset**
70. Todestag

* 9. 5. 1883 Madrid
† 18. 10. 1955 Madrid

23. **Dagmar Leupold**
70. Geburtstag

* 23. 10. 1955 Niederlahnstein

24. **Zsuzsa Bánk**
60. Geburtstag

* 24. 10. 1965 Frankfurt a. M.

29. **Dr. Owlglaß (d. i. Hans Erich Blaich)**
80. Todestag

* 19. 1. 1873 Leutkirch im Allgäu
† 29. 10. 1945 Fürstenfeldbruck

November

2. **George Bernard Shaw**
75. Todestag
*26.7.1856 Dublin
†2.11.1950 Ayot Saint Lawrence (Großbritannien)

3. **Dieter Wellershoff**
100. Geburtstag
*3.11.1925 Neuss
†15.6.2018 Köln

4. **Gustav Schwab**
175. Todestag
*19.6.1792 Stuttgart
†4.11.1850 Stuttgart

Gilles Deleuze
30. Todestag
*18.1.1925 Paris
†4.11.1995 Paris

8. **Margaret Mitchell**
125. Geburtstag
*8.11.1900 Atlanta (Georgia, USA)
†16.8.1949 Atlanta (Georgia, USA)

13. **Robert Louis Stevenson**
175. Geburtstag
*13.11.1850 Edinburgh
†3.12.1894 Apia (Samoa)

November

14. **Jean Paul (d. i. Johann Paul Friedrich Richter)**
200. Todestag
* 21. 3. 1763 Wunsiedel
† 14. 11. 1825 Bayreuth

15. **Heinz Piontek**
100. Geburtstag
* 15. 11. 1925 Kreuzburg
(heute Kluczborc, Polen)
† 26. 10. 2003 Rotthalmünster

Meret Oppenheim
40. Todestag
* 6. 10. 1913 Berlin
† 15. 11. 1985 Basel

19. **Anna Seghers (d. i. Netty Radvanyi)**
125. Geburtstag
* 19. 11. 1900 Mainz
† 1. 6. 1983 Berlin (DDR)

21. **Gunnar Gunnarsson**
50. Todestag
* 18. 5. 1889 Fljótsdalur (Island)
† 21. 11. 1975 Reykjavík

November

25. **Elsa Morante**
40. Todestag
*18.8.1912 Rom
†25.11.1985 Rom

26. **Ewald Arenz**
60. Geburtstag
*26.11.1965 Nürnberg

27. **Philippe Delerm**
75. Geburtstag
*27.11.1950 Auvers-sur-Oise (Frankreich)

30. **Mark Twain**
(d. i. Samuel Langhorne Clemens)
190. Geburtstag
*30.11.1835 Florida (Missouri, USA)
†21.4.1910 Redding (Connecticut, USA)

Oscar Wilde (d. i. Oscar Fingal O'Flahertie Wills Wilde)
125. Todestag
*16.10.1854 Dublin
†30.11.1900 Paris

Fernando Pessoa
90. Todestag
*13.6.1888 Lissabon
†30.11.1935 Lissabon

Dezember

2. **Philip Larkin**
40. Todestag

* 9. 8. 1922 Coventry (Großbritannien)
† 2. 12. 1985 Hull (Großbritannien)

4. **Rainer Maria Rilke**
150. Geburtstag

* 4. 12. 1875 Prag
† 29. 12. 1926 Montreux (Schweiz)

Hannah Arendt
50. Todestag

* 14. 10. 1906 Linden
† 4. 12. 1975 New York City (USA)

Nikolaus Heidelbach
70. Geburtstag

* 4. 12. 1955 Lahnstein

5. **Władysław Stanisław Reymont**
100. Todestag

* 7. 5. 1867 Kobiele Wielkie (Polen)
† 5. 12. 1925 Warschau

7. **Thornton Wilder**
50. Todestag

* 17. 4. 1897 Madison (Wisconsin, USA)
† 7. 12. 1975 Hamden (Connecticut, USA)

Dezember

8. **John Banville**
80. Geburtstag
* 8.12.1945 Wexford (Irland)

Natascha Wodin
80. Geburtstag
* 8.12.1945 Fürth

10. **Clarice Lispector**
105. Geburtstag
*10.12.1920 Tschetschelnyk (Ukrainische Sozialistische Sowjetrepublik)
† 9.12.1977 in Rio de Janeiro (Brasilien)

16. **Jane Austen**
250. Geburtstag
* 16.12.1775 Steventon (Großbritannien)
† 18.7.1817 Winchester (Großbritannien)

21. **Kurt Tucholsky**
90. Todestag
* 9.1.1890 Berlin
† 21.12.1935 Göteborg (Schweden)

Francis Scott Fitzgerald
85. Todestag
* 24.9.1896 St. Paul (Minnesota)
† 21.12.1940 Hollywood (Kalifornien)

Dezember

28. **Hildegard Knef**
100. Geburtstag

*28.12.1925 Ulm
†1.2.2002

29. **Brigitte Kronauer**
85. Geburtstag

*29.12.1940 Essen
†22.6.2019 Hamburg

30. **Heiner Müller**
30. Todestag

*9.1.1929 Eppendorf (Sachsen)
†30.12.1995 Berlin

31. **Irina Korschunow**
100. Geburtstag

*31.12.1925 Stendal
†31.12.2013 München

Porträts und Buchjubiläen

Aristoteles

384–322 v. Chr.

Neu bei Reclam

Politik

Das höchste Ziel eines Staates sollte sein, dass seine Bürgerinnen und Bürger ein zufriedenes Leben in Wohlstand führen können – was die Politikerinnen und Politiker von heute in den Augen vieler oft vergessen, ist schon bei dem großen Universalgelehrten und Philosophen Aristoteles zu lesen. Auch er dachte im 4. Jahrhundert v. Chr. weiter und fragte sich: Was, wenn ein solches Leben nicht oder nicht allen möglich ist? Was, wenn nur den wenigsten? Dann droht der Umsturz. Man denkt an die Protestwahlen auf EU-Boden, an die Horden im Kapitol als Auswüchse der America-first-Politik, an Staus, verursacht von Traktoren auf deutschen Bundesstraßen und Autobahnen, und erkennt darin jeweils Momente nachdem aus der Perspektive der Beteiligten ein Fass übergelaufen ist. Lohnt es sich, bei Aristoteles Hilfe zu suchen?

In seinen acht Büchern *Politika*, ›Politik‹, widmet er sich der Staatsphilosophie. Er zeigt auf, woraus ein Staat besteht, welche ›Einheiten‹ und gesellschaftlichen Gruppen, welche Berufsstände und Erwerbszweige es in ihm gibt, welche Verfassungen und Staatsformen existieren und welche politischen, rechtlichen und sozialen Bedingungen jeweils in ihnen herrschen, wie die Macht verteilt ist und welche Ämter es gibt. Wir lesen von der Gewaltenteilung, von stabilisierenden Elementen und von Vor- und Nachteilen einzelner politischer Systeme – und müssen uns zugleich vor Augen führen, dass Aristoteles bei einem Staat an eine Polis dachte, wie sie in den Jahrhunderten vor ihm und noch in seiner Zeit die griechische Welt prägte: eine einzelne Stadt (Beispiele: Athen, Sparta, Korinth, Theben, Syrakus …) mit ihrem Umland. Kein Vergleich mit einem Staatengebilde wie der Bundesrepublik Deutschland oder den USA? Oder gilt nicht vielmehr, was für das Kleine zutrifft, auch für das Große?

> Derjenige, der vorhat, über die beste Staatsverfassung die entsprechende Untersuchung anzustellen, muss zunächst genau bestimmen, welches Leben das wählenswerteste ist. Ist dies nämlich unklar, muss auch die beste Staatsverfassung unklar sein. Denn mit Fug und Recht geht es denen am besten, die zufolge der ihnen zu Gebote stehenden Verhältnisse am besten als Bürger im Staat leben, falls nicht etwas Unerwartetes geschieht. Also muss man zuerst darüber übereinkommen, welches das für alle sozusagen wählenswerteste Leben ist, und danach darüber, ob dieses Leben für die Gemeinschaft und für den Einzelnen dasselbe ist oder doch ein verschiedenes.

So weit zur Grundlage. Was aber bringt das erwähnte Fass zum Überlaufen?

Überall kommt es wegen des Ungleichen zum Aufstand ... Die einen sind im Aufruhr, weil sie nach Gleichheit trachten, wenn sie meinen, über weniger zu verfügen als die, die im Vorteil sind, obwohl sie ja gleich seien, die anderen aber trachten nach Ungleichheit und Übermaß, wenn sie annehmen, obwohl sie ungleich sind, nicht über mehr zu verfügen, sondern nur über das Gleiche oder gar über noch weniger ...

Worüber man zum Aufruhr schreitet, das sind Gewinn, Ehre und das Gegenteil davon ... Des Gewinnes und der Ehre wegen bringen sie sich gegeneinander auf, ... weil sie sehen, dass andere teils zu Recht, teils zu Unrecht daran einen Vorteil haben. Dazu noch geraten sie aneinander wegen übermütiger Gewalttat, aus Furcht, wegen Übermaß, wegen Verachtung und wegen eines unverhältnismäßigen Wachstums; weiterhin aber noch in anderer Weise wegen Gunsterschleichung, Vernachlässigung, irgendeiner Kleinigkeit und Ungleichheit.

Bei allem Pessimismus, der sich nun breitmachen könnte, hat Aristoteles eine gute Nachricht:

Wenn wir in der Lage sind, zu erkennen, wodurch die Staatsverfassungen zugrunde gehen, sind wir auch in der Lage, zu erkennen, wodurch sie erhalten werden.

Vor allem Ungleichheit gelte es von Beginn an durch entsprechende Gesetze zu verhindern. In Fällen, wo dies nicht gelang, kannten einige griechische Poleis übrigens

Ostrakon aus Athen mit dem Namen Themistokles.

ein Mittel: Ostrakismos. Wer zu viel (an Ehre, Macht, Reichtum, Ansehen …) angehäuft hatte, konnte per Abstimmung in der Volksversammlung in die Verbannung geschickt werden. Seine ›Stimme‹ ritzte man in eine Scherbe, gr. *ostrakon.* So musste sich zum Beispiel Themistokles, der im Jahr 480 v. Chr. die Athener in der Seeschlacht von Salamis gegen die Perser zum Sieg geführt hatte, mehrfach dem Scherbengericht stellen – und wurde schließlich um das Jahr 471 v. Chr. tatsächlich verbannt.

Eine wesentliche Grundvoraussetzung für die Stabilität politischer Systeme führt auch Aristoteles ins Feld: Bildung. Und er plädiert für ein Schulsystem in staatlicher statt in privater Hand.

Melanie Kattanek

Epiktet

um 50–138 n. Chr.

Neu bei Reclam

Jörg Fündling: Die Philosophie der Stoa in 10 Lektionen

Szenen wie auf dem Bild auf S. 49 dürften sich dieser Tage auf der ganzen Welt x-fach wiederholen: Junge Männer verabschieden sich von ihren Liebsten, nicht wissend, ob sie wohlbehalten aus ihrem Kriegseinsatz zurückkehren werden. Eine Vorstellung, bei der es uns heute in Mitteleuropa kalt den Rücken hinunterläuft – in der Antike dürften solche Abschiedsszenen Teil des Alltags gewesen sein, ja manche genossen überhaupt nie eine Zeit des Friedens. Der Tod des Sohnes, Ehemanns, Vaters im Krieg? Viele werden ihn erlebt haben. Zugleich war die Lebenserwartung insgesamt geringer, die Kindersterblichkeit höher als heute. Wenn jederzeit der Verlust eines Nahestehenden drohte wie auch der eigene Tod oder ein Schicksalsschlag, wie sollte man da keine Angst haben?

Im Hellenismus (323–30 v. Chr.), einer Zeit großer politischer Unsicherheit, als rivalisierende, aggressive Königreiche Riesenarmeen gegeneinander ins Feld führten, entstand eine neue philosophische Strömung, die einen Ausweg versprach: die Stoa. Man soll sich bewusstmachen, was der eigenen Kontrolle unterliegt und was nicht (zum Beispiel: die Zukunft) – und es akzeptieren. Alles, was kommt, soll man als Teil seines Weges annehmen, mehr noch: positiv sehen, im Sinn eines grundsätzlichen Optimismus. Statt sich vor der Zukunft zu fürchten, soll man sich genau ausmalen, was alles passieren könnte (auch und gerade das Negative wie Krankheit oder den Tod lieber Menschen), um vorbereitet zu sein, wenn es tatsächlich eintritt. Zugleich soll man im Jetzt leben, statt sich in Gedanken an Zukünftiges zu verlieren, dabei aber an nichts übermäßig sein Herz hängen. Und dies bedeutet: ein Minimum an materiellen Dingen, nichts an Dekor wie Ruhm, Prestige, Ehre oder Reichtum. Doch bedeutet es auch, dass wir nichts und niemanden lieben dürfen, schlicht weil der Tod es/ihn/sie uns entreißen kann?

Nein, die Stoa verbietet nicht Emotionen. Sie lehrt, sie zu kontrollieren: negative Gefühle wie Enttäuschung, Angst, Ärger, Eifersucht oder Reue, weil sie uns schwach und angreifbar machen und nur dazu führen, dass wir unsere Energie vergeuden; positive Gefühle, weil sie dazu führen können, dass wir unüberlegt handeln. Denn je mehr wir uns einer Emotion hingeben, desto mehr übernimmt sie in unserem Leben oder in einer Situation die Kontrolle – sie und nicht die Vernunft. Das bedeutet: Mache dir deine Emotionen bewusst, reflektiere, was sie mit dir anstellen, und lerne, sie zu beherrschen. Bewerte eine bestimmte Situation erst mit Hilfe deiner Vernunft und entscheide dich bewusst für eine Emotion und damit Reaktion.

Rotfigurige Amphore aus dem 5. Jahrhundert v. Chr.:
Die Malerei zeigt u. a. einen jungen Krieger, der sich von einem älteren Mann (seinem Vater?) verabschiedet.

Dabei ist »der Umgang mit sich und anderen aber nicht ›berechnend‹ in dem Sinn, dass man sie als Objekte betrachtet, sondern wohlwollend«, betont Jörg Fündling in seinem Buch. Und weiter: »Ich muss mich beobachten, damit ich nichts Falsches tue, denke oder empfinde, aber muss mich grundsätzlich annehmen und mir zutrauen, dass ich alle nötigen Eigenschaften habe, das Leben zu meistern.«

Die stoische Geduld ist bis heute sprichwörtlich. Wer sich bewusstmacht, wie die Lehren dieser antiken Philosophierichtung im Alltag nützlich sein, ja die eigene Haltung gegenüber allen Widrigkeiten des Lebens verändern, uns resilient machen können, wundert sich nicht über ihren ungebrochenen Erfolg. Jörg Fündling nimmt Leserinnen und Leser an die Hand und begleitet sie auf ihrem Weg zu einer stoischen Haltung. In den zehn Lektionen (zum Beispiel: »Eigene Erwartungen überprüfen«, »Mit Stress umgehen«, »Lebenslang offen bleiben«) lässt er die großen Stoiker mitunter selbst zu Wort kommen, darunter Seneca, Marc Aurel – und natürlich Epiktet.

Epiktet (um 50 – nach 120 n. Chr.) gilt als einer der wichtigsten Vertreter der jüngeren Stoa, obwohl er selbst keine Schriften hinterlassen hat. Doch einer seiner Schüler hat fleißig mitgeschrieben, so dass wir noch heute aus dieser Quelle schöpfen können:

> [Worauf soll man vertrauen?] Nicht auf Prestige oder Geld oder Ämter, sondern auf die eigene Kraft – das heißt, auf die Urteile über das, was in unserer Macht steht und was nicht in unserer Macht steht.

Versuche gar nicht erst, dass alles, was geschieht, so geschieht, wie du willst, sondern wolle, dass alles so geschieht, wie es geschieht – und dann wirst du heiter sein.

Denk daran, du bist ein Schauspieler in einem Stück und der Regisseur entscheidet, wie das Stück ist. Wenn er es kurz will, ist es kurz, wenn lang, dann ist es lang. Wenn er will, dass du einen Bettler spielst, dann spiel auch diese Rolle gut.

Sage nie von irgendetwas: »Ich habe es verloren«, sondern »Ich habe es zurückgegeben«. Dein […] Kind ist gestorben? Zurückgegeben. Die Frau ist gestorben? Zurückgegeben. »Man hat mir mein Landgut weggenommen!« Dann ist also auch das zurückgegeben. »Aber ein schlechter Mensch ist es, der es mir weggenommen hat!« Was kümmert dich das, durch wen derjenige es zurückverlangt hat, der es dir gegeben hat? Solange er es dir lässt, benutze es wie etwas, das einem anderen gehört, wie Reisende das Gasthaus benutzen.

Tod und Verbannung und alles Furchtbare sollst du dir jeden Tag vor Augen führen, ganz besonders aber den Tod, und dann wirst du nie einen niedrigen Gedanken haben oder etwas begehren, was du nicht haben kannst.

Seht doch: der Kaiser scheint uns großen Frieden zu gewähren. Es gibt keine Kriege mehr, keine Schlachten, es gibt nicht viel Räuberei und Piraterie, sondern man kann jederzeit reisen und segeln von Sonnenaufgang bis Sonnenuntergang. Aber kann er uns denn auch die Freiheit vom Fieber gewähren oder vom Schiffbruch, von Bränden, Erdbeben oder Blitzen? Oder sag, Freiheit von sexuellem Begehren? Kann er nicht. Von Trauer? Kann er nicht. Von Neid? Kann er nicht, von keinem einzigen davon. Aber die Lehre der Philosophen verspricht uns auch davon Frieden zu gewähren.

Melanie Kattanek

Thomas von Aquin

1225 – 7. 3. 1274

800. Geburtstag

Wer sich dem Philosophen und Theologen, Kirchenlehrer und Heiligen aus Süditalien nähern will, muss buchstäblich in großen Dimensionen denken. Mehr noch: Er ist das Gegenteil von Michael Endes Scheinriesen, Herrn Tur Tur: Je näher man Thomas von Aquin kommt, desto größer wird er als Gestalt der mittelalterlichen Geisteswelt.

Geboren kurz vor oder nach Neujahr 1225 auf Schloss Roccasecca in Aquino (Latium) scheint sein Leben schon verplant: Als siebtes Kind und letzter Sohn des Grafen Landulf von Aquino und seiner Ehefrau Theodora ist er – der Familientradition folgend – für eine geistliche Karriere vorgesehen. So wird er bereits als Fünfjähriger zu den Benediktinern in die Abtei Montecassino gegeben. Dort ist ein Onkel Abt, dessen Nachfolger er werden soll. 1239 bis 1244 absolviert Thomas in Neapel sein Grundstudium. Dann aber entzieht er sich den Erwartungen der Familie und tritt 1244 in den Dominikanerorden ein. Damit entscheidet er sich gegen den alten Benediktinerorden, dessen Mitglieder ihr Leben an einem Ort, in einem einzigen Kloster verbringen, und für den erst 1215 gegründeten Reform- und Bettelorden der Dominikaner, die auf Mobilität, Bildung und Predigt fürs Volk setzen. Mitglieder der Bettelorden, d. h. Franziskaner und Dominikaner, waren viel unterwegs, zu ihren Regeln gehörte es, alle Wege zu Fuß auf sich zu nehmen – so lernte man die Welt außerhalb der Klostermauern kennen.

Thomas' Verwandtschaft ist entsetzt über diesen ›Karriereknick‹ und sieht nicht tatenlos zu: Im Auftrag der Mutter entführen ihn seine Brüder und setzen ihn fest. Doch auch in der Gefangenschaft gibt er den Wunsch nicht auf, Dominikaner zu sein und zu bleiben. Schließlich gibt die Familie nach. Thomas kann weiterstudieren: ab 1245 in Paris beim damals berühmtesten Dominikanerprofessor überhaupt, Albertus Magnus. Ihm folgt er später nach Köln. Ab 1252 lehrt Thomas selber an der Universität, zunächst in Paris, dann in Orvieto und Rom, später wieder in Paris, zuletzt in Neapel.

Thomas war von beträchtlicher Leibesfülle. Martin Luther erzählt, dass ein Loch in seine Tischplatte gesägt werden musste, damit er am Tisch sitzen konnte. Da Thomas zugleich in sich gekehrt und schweigsam war, nannten boshafte Mitbrüder ihn den ›stummen Ochsen‹. Äußerst umfangreich ist auch Thomas' Werk. Die einzige vollständige Thomas-Ausgabe – *Sancti Thomae Aquinatis Opera Omnia* (1882 ff.) – umfasst in der heute lieferbaren Ausgabe sieben Bände mit insgesamt 4911 gedruckten Seiten. Möglich wurde solche Produktivität nur durch den Einsatz von Sekretären; bis zu fünf waren mitunter für Thomas im Einsatz, denen er gleichzeitig je ein Werk diktierte.

Thomas Aquinas. Aus dem Fresko von Fra Angelico im Dominikanerkloster San Marco, Florenz (1438–1445).

Da im Mittelalter die Disziplinen Philosophie und Theologie noch nicht getrennt waren und die Naturwissenschaften nur rudimentär in den universitären Lehrstoff eingingen, konnte eine akademische Ausnahmeerscheinung wie Thomas fast über alles nachdenken, schreiben und dozieren. In seinem monumentalen Werk finden sich Schriften für den akademischen Lehrbetrieb, Kommentare zur Bibel und zu den griechischen Philosophen der Antike, Streitschriften und systematische Abhandlungen, darunter seine beiden Hauptwerke, welche die Theologie des Christentums entfalten und verteidigen: die *Summe gegen die Heiden* (*Summa contra gentiles*, entstanden zwischen ca. 1258 und 1264) und die *Summe der Theologie* (*Summa theologica*, entstanden zwischen 1265/1266 und 1273). Sogar um das Thema Sexualität drückt er sich nicht herum: Sie gehört für ihn zur menschlichen Natur, dem Menschen eingepflanzt von Gott selbst, dem Schöpfer der Natur. Schlimmer als die Sünden des Fleisches sind für Thomas ohnehin die Sünden des Geistes.

Erstaunlicher noch als der Umfang seiner wissenschaftlichen Schriften ist deren Qualität. Zwei Dinge zeichnen Thomas als Theologen und Wissenschaftler vor allem aus, beide könnte er von seinem Lehrer Albertus Magnus gelernt haben. Erstens: Thomas denkt letztlich groß vom Menschen, er glaubt daran, dass Gott ihn so geschaffen hat, dass er durch systematisches Denken und in der konsequenten Auseinandersetzung mit allen Meinungen zu wahrer Erkenntnis gelangen kann. Wer aus Denkfaulheit, so spitzt Thomas zu, nicht versteht, was er verstehen könnte und sollte, begeht eine Sünde. Zweitens: Thomas ist der festen Meinung, dass Vernunft und Glaube sich nicht widersprechen. Er flieht die Welt nicht, er stellt sich ihr – und hat dabei nicht nur das christliche Weltbild im Blick. So gelingt ihm, was noch über Jahrhunderte das abendländische Denken beeinflussen wird: eine Synthese von antiker Philosophie und christlicher Dogmatik. (Für Letztere stand zu seiner Zeit vor allem Augustinus ein.) Thomas' bahnbrechende Auseinandersetzung mit dem griechischen Philosophen Aristoteles wurde damals übrigens nicht von allen seinen Kollegen geschätzt, schließlich war Aristoteles ›Heide‹.

Befragt man Thomas zum Glutkern seines Glaubens, dann lässt sich hinter dem radikalen Denker womöglich sogar ein Mystiker erkennen: Das Wesen Gottes ist für Christen und ›Heiden‹ – also die Menschen aller Religionen – nicht so zu erkennen, wie es in sich selbst ist. Punkt. Ist ohne letzte Gotteserkenntnis dann Religion überhaupt möglich? Ja, denn Religion ist, so Thomas' denkbar undogmatische Definition, »die höchste Form der Dankbarkeit«.

Ausgerechnet der Meister des scharfen Denkens und Formulierens fällt schließlich – überraschend oder eben auch nicht – ins Schweigen: Drei Monate vor seinem Tod am 7. März 1274 in Fossanova soll Thomas – so berichtet es zumindest Bartholomäus von Capua – während der Messe eine Erfahrung gemacht haben, die dazu führte, dass er jegliche wissenschaftliche Arbeit beendete. Auf die Frage nach dem Warum soll er gesagt haben:

»Alles, was ich geschrieben habe, kommt mir vor wie Stroh im Vergleich zu dem, was ich gesehen habe.«

Thomas genoss als Denker bei seinen Zeitgenossen höchstes Ansehen. Doch nach seinem Tod verurteilten Vertreter der alten Lehre einige seiner Sätze als Ketzerei. Dabei blieb es aber nicht lange. Thomas von Aquin wurde bald zur wichtigsten theologischen Autorität der katholischen Theologie überhaupt, seine Gedanken wurden noch im 19. und frühen 20. Jahrhundert als Thomismus, Neuthomismus und Neuscholastik weiterentwickelt. Eine Geschichte der Philosophie ohne ihn wäre auch heute nicht zu schreiben.

Last but not least: Am 18. Juli 1323 wurde Thomas durch Papst Johannes XXII. heiliggesprochen – obwohl er nicht als Märtyrer starb und keine Wundertaten vollbrachte. Seine Lebensleistung ist vielleicht Wunder genug.

Dietmar Jaegle

Friedrich Wilhelm Joseph Schelling

27. 1. 1775 – 20. 8. 1854

250. Geburtstag

Drei junge Männer, so könnte die Geschichte beginnen, lebten einmal in einer kleinen Universitätsstadt mit anderen Studenten in einem großen Haus am Fluss. Theologie sollten sie studieren und Pfarrer werden. Doch Friedrich und Georg Wilhelm Friedrich, beide Jahrgang 1770, und der fünf Jahre jüngere Friedrich Wilhelm Joseph hatten andere Pläne. Heute kennt man Hölderlin als großen Dichter, Hegel und Schelling als Philosophen des Deutschen Idealismus.

Während Hegels Philosophie noch immer weltweit diskutiert wird und Hölderlin, in viele Sprachen übersetzt, als einer der bedeutendsten deutschen Dichter gilt, ist Schelling nach und nach etwas in den Hintergrund getreten. Vielleicht, weil er in einem langen Leben seiner philosophischen Suche immer wieder eine neue Richtung gab und dabei Widersprüche nicht verhindern konnte oder wollte. Vielleicht, weil er schon die Zeitgenossen mit seinem streitbaren Charakter mitunter vor den Kopf stieß. Seine Philosophie mit ihrer »Verliebtheit in das Absolute« (Wilhelm Weischedel) polarisierte. Während ihn Alexander von Humboldt für den »geistreichsten Mann des deutschen Vaterlands« hielt, ärgerte sich Arthur Schopenhauer über Schellings »Scheinphilosophie«, die er ein »leichtfertiges In-den-Tag-hinein-Schwätzen« nannte.

Schellings Lebensweg schien vorgespurt. Geboren am 27. Januar in Leonberg, wächst Friedrich in einer schwäbisch-pietistisch geprägten Pfarrersfamilie auf. Die Lebens- und Lernorte für kluge und studierwillige evangelische Buben – übrigens auch für armer Leute Kinder – standen in Württemberg nahezu unausweichlich fest: Nach dem Besuch der Lateinschule legte man an einer der Klosterschulen Württembergs die Grundlagen fürs Studium der Theologie am Evangelischen Stift, das Teil der Universität Tübingen war. Der hochbegabte Schelling kommt dank einer Sondererlaubnis bereits 1790 als Fünfzehnjähriger aufs Stift. Aus der Klosterschule Bebenhausen bringt er umfangreiche Sprachkenntnisse mit: Griechisch, Latein, Hebräisch, Arabisch und neuere Sprachen. Im intellektuellen Austausch mit seinen Freunden Hegel und Hölderlin und unter dem Einfluss der Aufklärung und der jungen Französischen Revolution steht bald die Philosophie, nicht die Theologie, im Mittelpunkt seines Interesses.

Ab 1796 studiert Schelling in Leipzig Mathematik, Naturwissenschaften und Medizin. (Der spätere Naturphilosoph Schelling nimmt Witterung auf.) Seine geistige und regionale Herkunft lässt er spätestens in diesen Jahren hinter sich und taucht ein ins intellektuelle Leben seiner Zeit. Er besucht Schiller in Jena, lernt Goethe kennen. Und 1798 in Dresden jenen Kreis von Menschen, die als Frühromantiker durch ihre Ideen und ihre Lebensart für Aufregung sorgen: die Brüder August Wilhelm und Friedrich Schlegel, Novalis, Friedrich Tieck und Friedrich Daniel Ernst Schleiermacher.

Mit 23 Jahren wird Schelling – nicht zuletzt mit Goethes Unterstützung – außerordentlicher Professor in Jena. Er gibt die *Zeitschrift für spekulative Physik* heraus, ab 1802 zusammen mit Hegel das *Kritische Journal der Philosophie*. Mit dem *System des transzendentalen Idealismus* veröffentlicht er im Jahr 1800 ein Hauptwerk des Deutschen Idealismus. In dieser Phase seines Denkens ist für Schelling vor allem die Frage nach Subjekt und Objekt wichtig, deren Beantwortung für ihn eine der »Hauptaufgaben der Philosophie« ist. Die gängige Trennung von Subjekt und Objekt lehnt er ab, er versteht Subjekt und Objekt als Einheit, beide können nicht ohne einander bestehen.

1803 wird der Protestant Schelling an die ehemals katholische Universität Würzburg berufen, dort hält er u. a. Vorlesungen über das *System der gesamten Philosophie und der Naturphilosophie insbesondere*. Nächste Station ist ab 1806 München, wo er zunächst keine akademische Tätigkeit übernimmt, aber als neues Mitglied im bayerischen Staatsdienst und als Mitglied der Bayerischen Akademie der Wissenschaften Wirkung entfaltet. Schellings Interessen verschieben sich, wie die sogenannte ›Freiheitsschrift‹ *Philosophische Untersuchungen über das Wesen der menschlichen Freiheit und die damit zusammenhängenden Gegenstände* (1809) belegt. 1827

Friedrich Schelling, Daguerreotypie von Hermann Biow (1848).

wird er ordentlicher Professor an der neu errichteten Universität München und verkehrt in intellektuell und gesellschaftlich bedeutenden Kreisen. Er wird Präsident der Bayerischen Akademie der Wissenschaften, erster Generalkonservator der Naturwissenschaftlichen Sammlungen und ist ab 1835 fünf Jahre der Philosophielehrer des Kronprinzen und späteren Königs Maximilian II. Joseph von Bayern.

1841 wird Schelling auf eben jenen Lehrstuhl in Berlin berufen, den bis zu seinem Tod 1831 Hegel innehatte – über dessen Ideen nicht nur in Preußen heftig debattiert wurde. Nach Berlin holte man Schelling in der Hoffnung, der christlich-konservative Denker werde in der ›Hauptstadt‹ des Hegelianismus die »Drachensaat des Hegelschen Pantheismus« (König Friedrich Wilhelm IV.) vernichten. Schellings Antrittsvorlesung am 15. November 1841 und seine Vorlesung über *Philosophie der Offenbarung* erregen Interesse weit über das akademische Publikum hinaus. Unterm neugierigen Publikum sind Staatsbeamte, Militärs und Prominente wie Michail Bakunin, Søren Kierkegaard, Friedrich Engels und Jacob Burckhardt. Schelling verspricht »eine starke Philosophie, eine solche, die mit dem Leben sich messen kann, die, weit entfernt, dem Leben und seiner ungeheuren Realität gegenüber sich ohnmächtig zu fühlen, oder auf das traurige Geschäft der bloßen Negation und Zerstörung beschränkt zu sein, ihre Kraft aus der Wirklichkeit nimmt«. Doch die Zeit Schellings ist abgelaufen, die Zahl der Interessierten nimmt ab. Der zunächst begeisterte Kierkegaard schreibt schon im Februar 1842 an seinen Bruder: »In Berlin habe ich nichts mehr zu schaffen. Ich bin zu alt, um Vorlesungen zu hören, ebenso wie Schelling zu alt ist, um sie zu halten. Seine ganze Potenzlehre bekundet die höchste Impotenz.«

Im Wintersemester 1845/46 sieht man Schelling zum letzten Mal auf dem Katheder, dann lässt er sich von seiner Lehrverpflichtung entbinden. Mit der Revolution von 1848/49 beginnt schließlich eine neue Epoche.

Schelling stirbt am 20. August 1854 im schweizerischen Bad Ragaz, wo er zur Kur ist. Seine zweite Ehefrau, Pauline, geb. Gotter, stirbt wenige Monate später am 31. Dezember. Mit ihr hatte er sechs Kinder. Schellings erste Ehe hatte tragisch früh geendet: Caroline Schlegel, die sich wegen Schelling von ihrem zweiten Ehemann, August Wilhelm Schlegel, hatte scheiden lassen, wurde nach nur sechs Ehejahren 1809 Opfer einer Durchfallerkrankung. Das Grabmal, das er ihr auf dem Friedhof des Klosters Maulbronn errichten ließ, verrät Schellings christliche Hoffnung auf ein Wiedersehen nach dem Tod: »GOTT hat sie mir gegeben, der Tod kann sie mir nicht rauben«.

Dietmar Jaegle

Jane Austen

16. 12. 1775 – 18. 7. 1817

250. Geburtstag

»Alles ist besser oder erträglicher als eine Heirat ohne Zuneigung« – diesen Satz, der das Hauptthema ihrer Romane auf den Punkt bringt, schrieb Jane Austen 1814 an ihre Nichte Fanny Knight. Zu diesem Zeitpunkt war sie fast vierzig Jahre alt und noch immer ledig, eine sogenannte ›alte Jungfer‹. Und Jane Austens eigenes Leben ist der beste Beleg dafür, dass Frauen, die sich nicht der Heiratspolitik ihrer Zeit unterwarfen, einen hohen Preis dafür zahlten. Welche Ironie also, dass der Name der Schriftstellerin zumindest beim Kinopublikum, aber auch bei vielen Leserinnen und Lesern ihrer Werke sofort romantische Vorstellungen auslöst – beschäftigte sich Austen doch in ihren Romanen vor allem mit der knallharten wirtschaftlichen Seite des Heiratens, das für eine Frau im 18. Jahrhundert in der Regel die einzige Zukunftsperspektive war.

Jane Austen wurde als siebtes Kind eines Landpfarrers im südlichen England geboren. Ihre einzige Schwester Cassandra, zwei Jahre älter als sie, wurde ihre engste Vertraute und blieb das bis zu Janes frühem Tod im Jahre 1817. Ihr Vater hatte wenig Geld, legte aber viel Wert auf eine gute Ausbildung seiner Söhne. Für die beiden Töchter war immerhin der Besuch eines Mädchenpensionats vorgesehen, doch die Schulgebühren überstiegen bald die Möglichkeiten der Familie. Jane und Cassandra wurden daraufhin zu Hause erzogen, wo sie von der großen Bibliothek des Vaters und den oft anspruchsvollen Gesprächen im Bekanntenkreis profitierten.

Leider ist über Jane Austens Leben insgesamt nicht sehr viel bekannt, da nur die wenigsten der über 3000 Briefe aus ihrer Feder erhalten geblieben sind. Ihre Schwester verbrannte nach Janes Tod den Großteil der an sie adressierten Briefe bewusst, damit niemand Janes oft scharfe und bissige Kommentare über andere Familienmitglieder zu Gesicht bekam. Und als ihr Werk einige Zeit nach ihrem Tod eine immer größere Leserschaft fand, begannen ihre Nachfahren, ihre ganz eigene Version von Jane Austens Lebensgeschichte in Umlauf zu bringen. Wir wissen aber, dass sie schon sehr früh zu schreiben begann, zunächst einfach nur, um sich und ihrer Familie damit die Zeit zu vertreiben. Mit ihren Geschwistern verfasste sie anfangs auch Komödien, die im heimischen Wohnzimmer aufgeführt wurden.

Bald entdeckte Austen andere beliebte Genres ihrer Zeit für sich, und zwar stets mit einem ironischen Augenzwinkern. Ihre ersten Jugendwerke sind Satiren, beispielsweise versuchte sie sich mit *Lady Susan* (verfasst ca. 1794, veröffentlicht posthum 1871) an einer Parodie auf den im 18. Jahrhundert sehr beliebten Briefroman. In *Kloster Northanger* (verfasst ca. 1798–1803, veröffentlicht 1817) verarbeitete sie spielerisch die typischen Bausteine des damals ebenfalls erfolgreichen Schauerro-

Jane Austen um 1810, gezeichnet von ihrer Schwester Cassandra.

mans. Recht schnell ließ sie jedoch die literarischen Konventionen jener Epoche hinter sich und fand ihren ganz eigenen Stil, der von einer gewissen Nüchternheit und einem Hauch Ironie geprägt ist.

In ihren Romanen, die in der Regel von der Suche einer oder mehrerer junger Frauen nach einem geeigneten Ehemann erzählen, spielt die Gefühls- und Gedankenwelt der Heldinnen eine große Rolle, aber auch die gesellschaftliche und vor allem finanzielle Hackordnung wird immer wieder unverblümt beschrieben. Bei Austen erfahren die Leserinnen und Leser nicht immer, wie ein Verehrer aussieht, sind jedoch stets über sein Jahreseinkommen und seinen sonstigen Besitz bestens im Bilde. Sehr gut nachvollziehbar ist dabei das Dilemma der jungen Protagonistinnen, die sich einerseits nach einer liebevollen Ehe und einem gewissen Maß an Unabhängigkeit sehnen, die andererseits aber kaum Möglichkeiten haben, einen Beruf zu ergreifen, weshalb sie letztendlich doch von ihrer Familie und ihrem zukünftigen Gatten finanziell abhängig sind.

Jane Austen selbst musste bald einsehen, dass sie ohne eine Mitgift keine attraktive Heiratskandidatin war. Dennoch war sie nicht gewillt, den Erstbesten zu akzeptieren, sondern lehnte 1802 den Antrag eines Freundes der Familie nach anfänglicher Zusage ab. Zu diesem Zeitpunkt war noch keiner ihrer Romane veröffentlicht worden, obwohl Austen mit Hilfe ihres Vaters bereits einige Versuche in dieser Hinsicht unternommen hatte.

1805 starb ihr Vater, und die Familie geriet finanziell in eine prekäre Lage. Zeitweise hatten Jane, Cassandra und ihre Mutter keinen festen Wohnsitz mehr, sondern lebten nacheinander bei unterschiedlichen Verwandten. Erst 1809 konnten sie gemeinsam ein Haus in Chawton auf dem Anwesen von Austens Bruder Edward beziehen, in dem Austen ihre letzten Lebensjahre verbringen sollte.

Nun endlich begann ihre literarische Karriere – die ersten Romane fanden nach und nach einen Verleger, wurden jedoch anonym herausgebracht, wie bei Autorinnen in jener Zeit durchaus üblich. Als Erstes erschien *Sinn und Sinnlichkeit* (engl. *Sense and Sensibility*, 1811), das beim Publikum recht gut ankam. Es folgten *Stolz und Vorurteil* (engl. *Pride and Prejudice*, 1813), *Mansfield Park* (1814) und *Emma* (1815). Die Bücher verkauften sich gut und brachten Austen ein wenig Geld ein, machten sie jedoch keineswegs reich. Tatsächlich war Austen zu Lebzeiten, verglichen mit anderen Schriftstellerinnen ihrer Epoche wie Frances Burney oder Maria Edgeworth, nicht sonderlich berühmt, schon gar nicht außerhalb Englands. Es erschienen zwar schon Anfang des 19. Jahrhunderts einzelne deutsche oder französische Übersetzungen, doch erst lange nach ihrem frühen Tod fand ihr Werk sein globales Publikum.

Aus heutiger Sicht ist das schwer vorstellbar. Verfilmungen ihrer Romane werden mit Hollywoodstars besetzt, und der erste Satz von *Stolz und Vorurteil* ist fast schon sprichwörtlich geworden: »Es ist eine allgemein anerkannte Tatsache, dass ein alleinstehender Mann im Besitz eines hübschen Vermögens nichts dringender braucht als eine Frau.« Insbesondere die elegant-zeitlosen Übersetzungen von Christian und Ursula Grawe haben Austen auch in Deutschland zu großer Beliebtheit verholfen. Jane-Austen-Fans kennt man längst als Janeites (hätten Sie gewusst, dass dieser Begriff bereits von Rudyard Kipling erfunden wurde?), es werden Parodien zu Ehren ihres Werks verfasst, und ihr Porträt ziert die britische Zehn-Pfund-Note. Eine schöne Ironie der Geschichte, dass Jane Austen auf diese Weise doch noch über das sie unentwegt plagende Thema Geld triumphiert hat.

Christina Müller

Jean Paul
(d. i. Johann Paul Friedrich Richter)

21. 3. 1763 – 14. 11. 1825

200. Todestag

Aus heutiger Sicht scheint das Schriftstellerleben um 1800 eine gesellige Angelegenheit gewesen zu sein. Goethe und Schiller beispielsweise, der Inbegriff des literarischen Doppelpacks, waren auch über ihre Freundschaft hinaus große Netzwerker; insbesondere Goethe scharte in Weimar alles um sich, was Rang und Namen oder doch zumindest Potenzial hatte. In Jena wiederum versammelte sich um die Brüder Schlegel ein Zirkel, der mit seinen Werken unterschiedlichster Art (ebenso wie mit seinen Liebschaften) Furore machen sollte. Und auch in den Berliner Salons begegnete man sich und ließ sich voneinander inspirieren.

Über all diesen Zirkeln, Strömungen und Cliquen vergisst man gern, dass es auch Schriftsteller gab, die keiner dieser Gruppen angehören wollten – oder konnten. Jean Paul ist ein solcher literarischer Einzelgänger – eine hübsche Ironie der Geschichte, hat doch gerade er den ›Doppelgänger‹ in die deutsche Literatur eingeführt. Jean Paul lässt sich weder einer der literarischen Strömungen seiner Zeit wie etwa der Klassik oder der Romantik eindeutig zuordnen, noch fügte er sich in die oben erwähnten geselligen Kreise sonderlich gut ein.

Friedrich Schiller kam er mit seiner verschrobenen, teils kindlich-naiven Art so fremd vor wie »einer, der aus dem Mond gefallen ist«. Auch zwischen Goethe und Jean Paul funkte es nicht, dabei hatte sich Jean Paul immer wieder um den Respekt des großen Meisters bemüht und war einmal sogar aus Kostengründen zu Fuß die 125 Kilometer von Hof nach Weimar gepilgert – was er den wesentlich wohlhabenderen Schriftstellerkollegen dort allerdings verheimlichte. Jean Paul lernte seinen ›Gott‹ Goethe also 1796 endlich kennen, erlebte ihn jedoch als »kalt« und »einsilbig«. Nachdem Goethe und Schiller sich in den *Xenien* über ihn lustig gemacht hatten, resümierte er ernüchtert: »Goethes Charakter ist fürchterlich«.

Freilich war Jean Paul, der eigentlich Johannes Paul Friedrich Richter hieß und sein Pseudonym zu Ehren von Jean-Jacques Rousseau wählte, selbst nicht immer unkompliziert im Umgang. Anders als seine privilegierteren Kollegen hatte er aber auch von früher Jugend an mit Armut und familiärem Unglück zu kämpfen. Sein Vater, ein Landpfarrer in Oberfranken, starb während seiner Schulzeit, zehn Jahre später beging sein Bruder Selbstmord, und das Studium der Theologie, das Jean Paul pflichtschuldig antrat, scheint ihm wenig Freude gemacht zu haben. Schnell war die vorgesehene Laufbahn als Geistlicher undenkbar für den jungen Jean Paul, der sich bereits als Schriftsteller versuchte, aber noch kein Geld damit verdiente. Erst als er mit 24 Jahren eine

Stelle als Hauslehrer fand, konnte er die bitterste Not hinter sich lassen.

Sechs Jahre später war es so weit: Sein Debütroman *Die unsichtbare Loge* (1793) erschien und wurde von Jean Pauls Zeitgenossen Karl Philipp Moritz als »etwas völlig Neues« gelobt. Und 1795 wurde sein nächstes Werk *Hesperus oder 45 Hundposttage* ein bahnbrechender Erfolg. Der Durchbruch war geschafft. Insbesondere die Leserinnen konnte Jean Paul mit seiner ganz eigenen Mischung aus Gefühlstiefe und Satire für sich gewinnen – und sein Erfolg brachte ihm nicht wenige Verehrerinnen ein. Doch auch Kollegen wie Christoph Martin Wieland oder Johann Gottfried Herder schätzten sein Werk sehr.

Nach einem kurzen Aufenthalt in Weimar ging Jean Paul nach Berlin an den Hof der Königin Luise, wo er die Brüder Schlegel sowie einige Philosophen seiner Epoche wie etwa Johann Gottlieb Fichte und Friedrich Schleiermacher kennenlernte. Auch die Begegnung mit seiner späteren Ehefrau Karoline Mayer hatte er jener Fahrt nach Norden zu verdanken. Nachdem *Das Leben des Quintus Fixlein* (1796), *Siebenkäs* (1796/97) sowie einige kleinere Texte erschienen waren, arbeitete Jean Paul an zwei sehr umfangreichen und komplexen Romanen, *Titan* (1800–1803) und *Flegeljahre* (1804/1805), mit denen er jedoch an seine größten Erfolge nicht mehr anknüpfen konnte.

Der Aufenthalt in Berlin war nicht von Dauer, 1801 kehrten der Autor und seine ihm inzwischen angetraute Frau in den Süden zurück. Nach einigen Wanderjahren und den Geburten der Kinder Emma, Max und Odilie ließen sich die Richters schließlich in Bayreuth nieder. Dort blieb Jean Paul produktiv und pflegte durchaus auch Kontakte mit bekannten Zeitgenossen wie Georg Wilhelm Friedrich Hegel und E. T. A. Hoffmann, doch seine späteren Werke wie die *Levana oder Erziehlehre* (1807) oder *Dr. Katzenbergers Badereise* (1809) erreichten kein sehr großes Publikum mehr. Seinen letzten großen Roman *Der Komet* (begonnen 1813) konnte Jean Paul angesichts mehrerer Schicksalsschläge nicht vollenden: Nach dem Tod seines Sohnes 1821 verließ ihn jegliche Schaffenskraft, und nur wenige Jahre später war er aufgrund einer Erkrankung erblindet. 1825 starb Jean Paul und wurde im Grab seines Sohnes beigesetzt.

Was bleibt nun von diesem Unikat (oder Unikum) der deutschen Literaturgeschichte? Und in welchem Werk kann man seinen verspielten Humor, sein Schwelgen in großen Gefühlen und seine Sprachgewalt am besten erleben? Als Einstieg empfiehlt sich (trotz des beträchtlichen Umfangs) der Roman *Siebenkäs*, in dem Jean Paul nicht nur meisterhaft vom Niedergang einer Ehe angesichts der Härten des Alltags erzählt, sondern auch eine Männerfreundschaft beschreibt, die so innig ist, dass die beiden schließlich ihre Namen tauschen (was den Helden im Hinblick auf eine dringend benötigte Erbschaft in Schwierigkeiten bringt).

Jean Paul wäre aber nicht Jean Paul, wenn er diese relativ alltagsnahe Handlung nicht mit Abschweifungen und Einschüben phantastischer oder metaphysischer Art unterfüttert hätte, deren berühmteste ein Kapitel mit der imposanten Überschrift »Rede des toten Chris-

Jean Paul, Gemälde von Carl Christian Vogel von Vogelstein (1822).

tus vom Weltgebäude herab, daß kein Gott sei« ist. Dementsprechend lautet der volle Titel des Romans auch *Blumen-, Frucht- und Dornenstücke oder Ehestand, Tod und Hochzeit des Armenadvokaten F. St. Siebenkäs im Reichsmarktflecken Kuhschnappel.* Doch am eindrücklichsten im Gedächtnis bleibt wohl, was Jean Paul als »Eheliche partie à la guerre« bezeichnet, nämlich seine genauen Beobachtungen zwischenmenschlicher Beziehungen – etwa am Morgen nach einem Ehekrach zwischen Siebenkäs und seiner Gattin Wendeline:

»Nu, liebste Lenette, wie ist denn dir?«, sagt' er erwachend und nahm die Hand der Ausgesöhnten; aber sie hatte die weibliche Unart, nämlich Art, dass sie ihre Versöhnung noch länger verdeckte als ihre Entrüstung, wenigstens verschob, und dass sie gerade dann, wann die Ehrenerklärung und die Abbitte eines Fehlers schon vorüber war, auf eine neue Einsicht der Akten antrug. Die wenigsten Eheweiber – leichter die Mädchen – reichen einem Manne eilig die Hand und sagen: ich bin wieder gut. – Wendeline hielt zwar ihre hin, aber zu kalt; und zog sie hurtig zurück, um das Tischtuch zu nehmen, das er mit spannen und brechen zu helfen gebeten wurde zum Tuch-Würfel. Er tats und lächelte – sie sah genau auf die rechte Geviertung des weißen Langvierecks – endlich bei dem letzten und dicksten Viereck hielt es der Mann fest – sie zerrte und wollte ernsthaft aussehen – er schauete sie liebreich an – sie musste doch lächeln – da entriss er ihr das Tuch und drückt' es schnell auf ihre Brust und sich dazu und sagte in ihren Armen: »Diebin, wie kannst du so sein gegen den alten Kauz Siebenkäs, oder wie er sonst noch heißt?« – Nun bog sich der Regenbogen eines hellern Lebens über die einsickernde Sündflut herüber, welche bisher dem Ehepaare schon bis an die Herzgrube gestiegen war … Aber freilich, ihr Lieben, bedeuten jetzige Regenbogen oft das Gegenteil dessen, was der erste verhieß.

Christina Müller

Vor 150 Jahren erschien *Mrs Dalloway* von Virginia Woolf

1925

Werkjubiläum

Es gibt Bücher, bei deren Lektüre man einen Moment innehält: so unglaublich gut ist das geschrieben, was man gerade las. Bei Joseph Roth gibt es solche Stellen, im *Radetzkymarsch* und anderswo, bei seinem Landsmann und Zeitgenossen Heimitz Doderer in der *Strudlhofstiege*, bei Kafka natürlich, vor allem in den kürzeren Sachen (beispielhaft geradezu *Eine kaiserliche Botschaft*), bei Flaubert, bei Proust, der den Stil Flauberts eingehend untersucht hat, und immer wieder bei Shakespeare, selbst wenn es sich da um Stücke handelt. Auch *Mrs Dalloway* von Virginia Woolf ist so ein Buch.

Dabei geht es nicht um Inhalt, nicht primär jedenfalls, sondern um Stil, um Sprache, um die Wahl der Wörter, um Klang und Rhythmus und Tempo, um Farbe und Atmosphäre, um sehr vieles, das im Idealfall zusammenwirkt und so richtig gar nicht auseinanderzuhalten ist. Und gerade darin liegt das Geheimnis: man merkt es nicht und ist beglückt.

Was wird erzählt? An der Oberfläche: nicht viel. Clarissa Dalloway, 52, ist an diesem herrlichen Junimorgen (»so frisch, als habe man ihn Kindern am Strand zugedacht«), einem Mittwoch im Jahr 1923, im Londoner West End unterwegs, um die Abendgesellschaft vorzubereiten, die bei ihr stattfinden wird. Sie macht ein paar Besorgungen, begegnet ein paar Bekannten, bekommt zu Hause unverhofft Besuch von ihrem alten Verehrer Peter Walsh, der gerade aus Indien zurück ist. Parallel dazu begleiten wir ein Stück weit Septimus Warren Smith, der unter einem schweren Kriegstrauma leidet und auf dem Weg zu einem renommierten Psychiater mit seiner Frau im Park verweilt. Ein paar andere begleiten wir noch: Clarissas Mann Richard, Abgeordneter, beim Lunch mit Lady Bruton, Clarissas 17-jährige Tochter Elizabeth bei Einkäufen mit ihrer Lehrerin Miss Kilman, später dann Peter Walsh, als er sich von seinem Hotel aus zu der Abendgesellschaft aufmacht. Und dort treffen sich dann alle, trifft alles, was im Verlauf der knapp 200 Seiten des Romans angesprochen wurde, auf die eine oder andere Art zusammen.

Unter dieser Oberfläche jedoch verbirgt sich eine ganze Welt an Gedanken, Gefühlen, Eindrücken, Assoziationen, Erinnerungen, regelrechten Flashbacks, die mit einer Eindringlichkeit wiedergegeben werden, als wären sie präsent. Und das sind sie ja auch im Bewusstsein der auftretenden Personen. Die Vergangenheit ist ständig präsent in diesem Buch, an diesem einen Tag im Juni 1923.

Das Entscheidende ist nun: Wie wird das erzählt? All dies – das, was sich unmittelbar ereignet, das, was früher geschah, das, was vielleicht hätte geschehen können – wird aus der Innensicht der Handelnden geschildert und kommentiert. Die Übergänge zwischen den wechseln-

Virginia Woolf (1926).

den Perspektiven sind dabei so fließend wie die zwischen Innen- und Außenwelt, so dass man sich manchmal fragt: Wer spricht? Man hat dieses erzählerische Verfahren – das Stichwort ›Bewusstsein‹ fiel gerade – als ›Stream of Consciousness‹ bezeichnet, ›Bewusstseinsstrom‹. Auch ›innerer Monolog‹ oder ›erlebte Rede‹ würden manchmal passen, aber das sind Unterscheidungen der Literaturwissenschaft, wichtig ist etwas anderes: Wie Virginia Woolf das macht: elegant, mühelos scheinbar, einfühlsam, doch ohne jedes Pathos, mit viel Sympathie für ihre Figuren, doch ohne zu werten, alles wirkt wie beiläufig, ungekünstelt, direkt aus dem Leben gegriffen.

Die Technik des Stream of Consciousness kommt um die Wende zum 20. Jahrhundert auf und ist vor allem mit dem Namen James Joyce verbunden, der eigenartigerweise dieselben Lebensdaten hat wie Woolf, 1882–1941 (»vierzehn Tage jünger als ich« notiert sie zwei Tage nach seinem Tod im Tagebuch), und dessen *Ulysses* 1922 erschien, kurz vor *Mrs Dalloway* also, und ebenfalls einen Tag im Leben des Protagonisten schildert. Virginia Woolf hat *Ulysses* gelesen, während sie an *Mrs Dalloway* arbeitete, wie sie auch Proust und überhaupt so ungefähr alles gelesen hat, und ziemlich negativ darüber geurteilt (»Energieverschwendung«, »nie hat ein Buch mich so angeödet«). Ihr Hauptargument, im Tagebuch vom 6. September 1922: Ein erstrangiger Schriftsteller achtet das Schreiben viel zu sehr, als dass er mit Tricks verblüffen will und Kunststückchen vorführt. Daran ist etwas Wahres. Wo Joyce zu intellektueller Hochseilartistik neigt, schreibt Woolf in *Mrs Dalloway* völlig unangestrengt; schwer zu lesen ist sie nie. Keine Angst also vor Virginia Woolf!

Bei aller Subjektivität der Darstellung darf man den Realitätsgehalt des Romans nicht außer Acht lassen: *Mrs Dalloway* ist auch zu verstehen als Auseinandersetzung mit der kolonialen Vergangenheit des British Empire, mit den Ungerechtigkeiten der englischen Klassengesellschaft und dem Standesdünkel der Oberschicht, mit den Spätfolgen des Ersten Weltkriegs und den gesellschaftlichen Umbrüchen, die er anstößt, mit der Benachteiligung der Frauen, mit dem kaum verhüllt angesprochenen Thema der Homosexualität und schließlich als Auseinandersetzung Virginia Woolfs mit sich selbst und den Facetten ihrer Persönlichkeit.

Woolf hat über ihr Schreiben immer wieder in Tagebucheintragungen nachgedacht, in einer Art Zwiegespräch mit sich selbst. (Die Tagebücher sind 1977 bis 1984 in fünf Bänden mit insgesamt fast 2000 Seiten erschienen; 1953 hatte ihr Ehemann schon eine Zusammenstellung der Stellen herausgegeben, die sich auf ihr Schreiben beziehen: *A Writer's Diary*). Zu *Mrs Dalloway* finden sich darin Aussagen wie diese: »Ich stecke voller Ideen für das Buch. Ich habe das Gefühl, dass ich alles verwenden kann, was ich je gedacht habe« (15. Oktober 1923), »ich glaube, dieses Mal könnte ich meine Mine gefunden haben. Ich könnte mein ganzes Gold zutage fördern« (23. Januar 1924), »ich kann jetzt schreiben und schreiben und schreiben: das glücklichste Gefühl der Welt« (13. Dezember 1924). Am Kopf einer Manuskriptseite zum Roman notiert sie: »Ein köstlicher Gedanke kommt mir, dass ich alles schreiben werde, was ich schreiben will.«

Das ist Selbstbefragung, Selbstvergewisserung, Selbstberuhigung sicher auch. Adeline Virginia Stephen, am 25. Januar 1882 in London geboren, verheiratete Woolf, hat zeitlebens unter schweren seelischen Erschütterungen gelitten. Einiges davon mag man in ihren Hauptfiguren Clarissa Dalloway und Septimus Warren Smith reflektiert finden. Als sie einen erneuten psychischen Zusammenbruch nahen fühlt, entschließt sie sich, ihrem Leben ein Ende zu setzen. Virginia Woolf ertränkt sich am 28. März 1941 im Flüsschen Ouse in der Nähe des Hauses auf dem Land, in das ihr Mann und sie sich vor »The Blitz«, den massiven deutschen Bombenangriffen auf London, zurückgezogen hatten.

Die BBC hat 2015 eine Rangliste der besten englischen Romane veröffentlicht (die Liste basiert auf einer Umfrage unter 81 nicht-britischen Literaturkritikern aus der ganzen Welt). Auf Platz 1: *Middlemarch* von George Eliot. Auf Platz 2 und 3 folgt gleich zweimal Virginia Woolf mit *To the Lighthouse* und *Mrs Dalloway* (bemerkenswert im Übrigen, dass die ersten drei Plätze von AutorINNEN eingenommen werden). Es geht dann weiter mit Charles Dickens (*Great Expectations*, 4; *Bleak House*, 6; *David Copperfield*, 8), Charlotte Brontë (*Jane Eyre*, 5), Emily Brontë (*Wuthering Heights*, 7), Mary Shelley (*Frankenstein*, 9), William Makepeace Thackeray (*Vanity Fair*, 10). Sehr unterschiedliche Texte, und doch bestehen sie alle aus dem gleichen Material: den 26 Buchstaben des Alphabets. Was man daraus machen kann? Alles. Und manchmal entsteht dabei ein Wunderwerk der Literatur wie *Mrs Dalloway*.

Dieter Meier

Thomas Mann

6. 6. 1875 – 12. 8. 1955

150. Geburtstag

Als Starautor spielt Thomas Mann eine besondere Rolle in der (Literatur-)Geschichte. Gewaltig ist längst die Menge der Bücher sowohl von ihm als auch von seiner Frau Katja, seinen sechs Kindern und seinem Bruder Heinrich. Noch mehr gibt es aber über ihn, sein Werk und seine schillernde Großfamilie zu lesen. Wohl kein anderer Literat ist samt seinem schreibenden Nachwuchs so allgemein bekannt und populär geworden, dass die Veröffentlichungen nie abreißen. Neben den Biographien prägte besonders Heinrich Breloers Doku-Drama *Die Manns, ein Jahrhundertroman* (2001) unsere Sicht auf die kreative Familie.

Die Manns – in Freud und Leid vielleicht so etwas wie die deutschen Kennedys oder Royals? Der reale ›Jahrhundertroman‹ der Familie dürfte mindestens so bekannt geworden sein wie die weniger eingängigen, meist sehr umfangreichen Romane des Patriarchen. Doch Thomas Manns Leben und Werk sind ohnehin mehr oder weniger miteinander verwoben, meist mit einer ironischen Distanz des lebensfernen ›Künstler‹-Autors. Neben den verschlüsselten Personen aus dem Familien- und Freundeskreis und erlebten Episoden sind die Werke in realen

Details akribisch recherchiert – vom Weihnachtsmenü bei den *Buddenbrooks* (1901) über die Behandlungsmethoden auf dem *Zauberberg* (1924) bis zu den musikwissenschaftlichen Aspekten in *Doktor Faustus* (1947). Nicht nur die Lübecker High Society war erbost über ihre wenig schmeichelhafte Darstellung in den *Buddenbrooks*. Gerhart Hauptmann, einst ebenfalls als Großschriftsteller gefeiert, zeigte sich so empört über seine Ähnlichkeit mit Mynheer Peeperkorn im *Zauberberg*, dass er Thomas Mann die Freundschaft kündigte.

Bekannter als die literarischen Originale sind einige Verfilmungen und weitere Bearbeitungen der Romane und Novellen geworden: Allein die *Buddenbrooks* kam viermal auf die Leinwand und ins Fernsehen. Von *Tod in Venedig* (1911) gibt es nicht nur den Filmklassiker von Luchino Visconti (1971), sondern auch eine Oper von Benjamin Britten (1973) und ein Ballett von John Neumeier (2003). Der Roman *Die Bekenntnisse des Hochstaplers Felix Krull* (1954) brachte es auf drei Verfilmungen und eine Oper.

Romanhaft erscheint das Leben von Thomas Mann und den Seinen auch im Spiegel der gesellschaftlichen Umbrüche. Der junge Lübecker Kaufmannssohn wurde als Künstler mit dem seiner Familiengeschichte entlehnten Roman *Buddenbrooks. Verfall einer Familie*, dem ersten deutschen Gesellschaftsroman von Weltrang, zum wohlhabenden Bestseller-Autor. Fortan konnte er sich über alle politischen Krisen hinweg einen großbürgerlichen Lebensstil leisten. Hatte er zunächst den Ersten Weltkrieg enthusiastisch begrüßt (*Betrachtungen eines*

Thomas Mann (1937).

Unpolitischen, 1918), so wandelte er sich bald zu einem Befürworter der Weimarer Republik und zum politischen Mahner, der in zahlreichen Essays und Reden zu überzeugen versuchte. Mit dem Nobelpreis erreichte Thomas Mann 1929 den Gipfel seines literarischen Ruhms.

Nur ein Jahr später beklagte er in seiner *Deutschen Ansprache* das Aufkommen des Nationalsozialismus als »eine Riesenwelle exzentrischer Barbarei und primitivmassendemokratischer Jahrmarktsrohheit«. Gleich 1933 sah er sich zur Emigration gezwungen. Über u. a. Arosa, Sanary-sur-Mer und Princeton gelangte die Familie 1941 weitaus komfortabler als andere Emigranten nach Kalifornien, wo sie sich eine weiße Villa in Pacific Palisades errichten ließ – seit 2018 dient sie als deutsches Kulturzentrum. »Wo ich bin, ist Deutschland. Ich trage meine deutsche Kultur in mir«, hatte Thomas Mann bei seiner Ankunft in den USA verkündigt. Er schrieb an seinem Künstlerroman *Doktor Faustus* und wandte sich mit Radioansprachen an die »Deutschen Hörer!« Seine Ansichten von Kollektivschuld und Bestrafung wurden ihm noch lange übelgenommen.

Erst als er vom »Komitee für unamerikanische Umtriebe« als Stalin-Sympathisant beschimpft wurde, kehrte er 1952 in die neutrale Schweiz zurück. Doch ließ er sich auf einer Reihe von Reisen nach West- und Ostdeutschland umfassend ehren, unter anderem mit Goethe-Preisen aus BRD und DDR. Thomas Mann starb 1955 in Zürich. An seinem Grab sprach Carl Zuckmayer: »Ein Leben hat sich erfüllt, das nur einem einzigen Inhalt gewidmet war: dem Werk deutscher Sprache, dem Fortbestand europäischen Geistes.«

Romanhaft dramatisch entwickelten sich auch die Lebenswege seiner schriftstellernden Kinder. Klaus und Erika glänzten zunächst als glamouröse ›Mann-Twins‹ auf ausgedehnten Reisen. Doch während Erika später als Schauspielerin, Kabarettistin und Reporterin eine eigene Karriere aufbaute und als Nachlassverwalterin ihres Vaters und Bruders beendete, schrieb Klaus eine Reihe von Romanen im übermächtigen Schatten seines Vaters und beging 1949 Selbstmord. Golo machte sich einen Namen als konservativer Historiker, Publizist und Politikberater. Monika Mann galt zeitlebens als ungeliebtestes Kind. Sie verlor ihren ersten Mann bei einem traumatischen Schiffsuntergang und lebte schließlich mit einem Fischer auf Capri. Und Michael, der Jüngste, war erst ein gefeierter Bratschist, dann Literaturwissenschaftler. Vermutlich beging er Selbstmord nach der Lektüre der Tagebücher seines Vaters. Nur Elisabeth, das Lieblingskind, löste sich von der Familientradition, gilt als glücklichstes der Kinder und wurde eine einflussreiche Seerechtsexpertin und Ökologin.

So entsprechen fast alle Manns trotz ihres Ruhmes, ihres Wohlstandes und ihrer vielseitigen Kreativität dem lebensfernen Künstlertypus, den Thomas Mann immer wieder als Gegensatz zum bodenständigen Bürger metaphorisch überhöht hat. Bereits in den *Buddenbrooks* entwarf er den zarten, musikliebenden Hanno als sein Ebenbild. 1903 schildert er in der autobiographischen Novelle *Tonio Kröger* am deutlichsten die tiefe Kluft, die den Titelhelden von jenen trennt, mit denen er doch so gerne zusammen sein würde: »frei vom Fluch der Erkenntnis und der schöpferischen Qual leben, lieben und loben in seliger Gewöhnlichkeit!«

Das Spannungsverhältnis von Künstler und Bürger, Unordnung und Disziplin im Leben und Werk Thomas Manns hat seine Wurzeln in der Gegensätzlichkeit seiner Eltern: Der Vater, der honorige Lübecker Kaufmann und Senator, hatte Julia da Silva-Bruhns geheiratet, die an der paradiesischen brasilianischen Küste aufgewachsen war. Im 2023 erschienenen Roman *Mann vom Meer* verfolgt Volker Weidermann bei Thomas Mann das von der Mutter geerbte Motiv des Meeres »als Ort der Verheißung und der Sehnsucht«. Am Meer habe er sich erlaubt, die antrainierte Versteinerung hinter sich zu lassen und sich sogar in junge Männer zu verlieben – ein Geheimnis, mit dem er zeit seines Lebens haderte. In der Novelle *Tod in Venedig* verfällt sein Alter Ego Gustav von Aschenbach in der choleraverseuchten Stadt am Meer mehr und mehr dem schönen Knaben Tadzio.

In seinem letzten, unvollendet gebliebenen Roman *Die Bekenntnisse des Hochstaplers Felix Krull* parodierte Thomas Mann letztendlich den klassischen Bildungsroman mit seinem Künstlertypus als einfallsreichem wie liebenswertem Hochstapler und Betrüger.

Heidi Wiese

Rainer Maria Rilke

4. 12. 1875 – 29. 12. 1926

150. Geburtstag

> Es fiel uns ein, dass es eine Zeit gab, wo Maman wünschte, dass ich ein kleines Mädchen wäre und nicht dieser Junge, der ich nun einmal war. Ich hatte das irgendwie erraten, und ich war auf den Gedanken gekommen, manchmal nachmittags an Mamans Türe zu klopfen. Wenn sie dann fragte, wer da wäre, so war ich glücklich, draußen »Sophie« zu rufen, wobei ich meine kleine Stimme so zierlich machte, dass sie mich in der Kehle kitzelte. Und wenn ich dann eintrat (in dem kleinen, mädchenhaften Hauskleid, das ich ohnehin trug, mit ganz hinaufgerollten Ärmeln), so war ich einfach Sophie, Mamans kleine Sophie, die sich häuslich beschäftigte und der Maman einen Zopf flechten musste, damit keine Verwechslung stattfinde mit dem bösen Malte, wenn er je wiederkäme.

Angesichts einer solchen Vorwegnahme hochaktueller Themen wird es kaum verwundern, dass der Roman *Die Aufzeichnungen des Malte Laurids Brigge* bis heute literarisch Interessierte zu fesseln versteht. Die Hintergründe dieses von autobiographischen Erfahrungen durchsetzten Prosawerks sind dabei so vielschichtig wie vieles aus dem Œuvre eines der berühmtesten deutschsprachigen Dichter des frühen 20. Jahrhunderts.

Dieser Dichter wird am 4. Dezember 1875 unter dem vollständigen Namen René Karl Wilhelm Johann Josef Maria Rilke in Prag geboren. Der Vater Josef, ein Bahnbeamter, und die Mutter Sophie Rilke haben im Jahr zuvor die erst- und frühgeborene Tochter nach nur einer Woche verloren. Vor allem die Mutter kommt über diesen Verlust nicht hinweg und drängt den nun geborenen Sohn in den ersten Jahren seines Lebens in die Rolle der gewünschten Tochter: Fotografien aus dieser Zeit zeigen ihn mit langen Haaren und im Kleidchen, auch der Vorname Maria entstammt wohl dem Wunsch der Mutter. Rilke selbst sagte später, seine Mutter habe mit ihm gespielt wie mit einer Puppe. Diese doch in Teilen erzwungene Spielerei mit Gender-Klischees und das daraus resultierende zwiespältige Verhältnis zur Mutter schimmern – wie so viele seiner persönlichen Erfahrungen – in manchem späteren literarischen Werk durch:

Mich hat nicht Eine Mutter geboren.
Tausend Mütter haben
an den kränklichen Knaben
die tausend Leben verloren,
die sie ihm gaben.

Die emotionale Vielschichtigkeit dieser wenigen Worte ist ein typisches Element und sicher einer der Gründe für den anhaltenden Ruhm Rilkes. Seine Lyrik behandelt die großen Themen und Herausforderungen des Menschseins und trotzt den unabwendbaren Schattenseiten des Lebens in sprachlich exquisiten Formen immer wieder Hoffnung und pure Schönheit ab.

Eine für sein Werk bedeutsame Erfahrung: die Liebe. Sie wird ein weiteres zentrales Element seines Schaffens. Die krisenhafte Ehe der Eltern zerbricht 1884, sie trennen sich, bleiben aber verheiratet. Rilke selbst lernt 1897 mit der Literatin Lou Andreas-Salomé eine Frau kennen, deren Einfluss auf sein Leben und Schaffen wohl kaum hoch genug eingeschätzt werden kann: Er verliebt sich in die Intellektuelle, ändert auf ihren Wunsch seinen Vornamen in ›Rainer‹, begleitet sie auf eine Reise mit ihrem Ehemann nach Russland (ehe sie 1900 noch einmal zu zweit reisen) und widmet ihr einen ganzen Gedichtband: *Dir zur Feier*.

Ich möchte dir ein Liebes schenken,
das dich mir zur Vertrauten macht:
aus meinem Tag ein Deingedenken
und einen Traum aus meiner Nacht.

Es sind nur drei Jahre, die sie in sehr engem Kontakt zueinander stehen, doch auch nachdem sich Andreas-Salomé im Anschluss an ihre zweite Russlandreise größere Distanz wünscht, bleiben sie zeitlebens in Kontakt. Noch im selben Jahr begegnet er in Worpswede der Bildhauerin Clara Westhoff. Bereits im April 1901 heiraten sie, im Dezember wird die gemeinsame Tochter Ruth geboren.

Rainer Maria Rilke (1913).

Ein weiteres Thema seiner Lyrik: die Anforderungen der Umwelt an das Individuum. Nach der Trennung der Eltern wird Rilke auf die Militär-Realschule St. Pölten geschickt und lernt hier zum ersten Mal die Härten militärischen Drills kennen (ein zweites Mal geschieht ihm das 1916, als er von der österreichischen Armee eingezogen wird und eine militärische Grundausbildung absolviert; dank glücklicher Kontakte wird er in ein Kriegspressequartier abkommandiert und entgeht so den Schrecken der Weltkriegsfront). Die Ausbildung in St. Pölten bricht er ebenso ab wie die an der Handelsakademie Linz; das Studium der Literatur, Kunstgeschichte und Philosophie in Prag ab 1895 und später das der Rechtswissenschaft kommt ihm schon eher entgegen. Die Entzauberung der Welt durch den harten modernen Menschen, wie er sie empfindet, thematisiert er lyrisch:

Ich fürchte mich so vor der Menschen Wort.
Sie sprechen alles so deutlich aus:
Und dieses heißt Hund und jenes heißt Haus,
und hier ist Beginn und das Ende ist dort.

[…]
Ihr rührt sie an: sie sind starr und stumm.
Ihr bringt mir alle die Dinge um.

Oder auch das, was den Kern seines Schaffens ausmacht: die Poesie, die Kunst, die Suche des Menschen nach mehr als dem Alltäglichen. Seinen ersten Gedichtband veröffentlicht Rilke bereits 1894, noch vor Beginn seines

Studiums (das er eher als Ergänzung ergreift, da er bereits entschlossen ist, die militärische und kaufmännische Laufbahn fallen zu lassen, um sich ganz der Kunst zu widmen). Als er 1905 den Verleger Anton Kippenberg trifft und die jahrelange Zusammenarbeit mit dem Insel Verlag beginnt, hat er bereits mehrere Lyrikveröffentlichungen vorzuweisen, außerdem zahlreiche Europareisen und Kontakte zu teils hochangesehenen Kunstschaffenden jener Zeit. Mit Insel (und teilweise stark überarbeiteten Neuauflagen früherer Bände) beginnt nun sein Aufstieg in den Literatur-Olymp: *Mir zur Feier*, *Das Stunden-Buch*, *Das Buch der Bilder*, *Die Weise von Liebe und Tod des Cornets Christoph Rilke*, *Die Aufzeichnungen des Malte Laurids Brigge*. Letzteres, sein einziger Roman, bleibt sein letztes großes Werk vor einer knapp zwölfjährigen Schaffenskrise, die durch die Erfahrungen des Ersten Weltkriegs und seines Einzugs ins Militär intensiviert wird. Und doch: Im Laufe dieser Schaffenskrise entstehen neben zahlreichen Übersetzungen auch seine vielleicht berühmtesten Werke: die *Duineser Elegien*, erstveröffentlicht 1923. Kunst und Poesie bleiben eben widersprüchlich.

> Die Kunst ist ein Ding viel zu groß und zu schwer und zu lang für ein Leben, und die, welche ein großes Alter haben, sind erst Anfänger in ihr.

Und zuletzt selbstverständlich auch das allen Menschen Unumgängliche: Am 29. Dezember 1926 stirbt Rainer Maria Rilke im Alter von 51 Jahren an Leukämie, nachdem er zeit seines Lebens kränklich gewesen und seit dem Militärdienst im Ersten Weltkrieg immer häufiger von Krankheitsschüben heimgesucht worden ist. Seine Worte über das Leben (und damit eigentlich den Tod) gehören zum Schönsten, was je darüber formuliert wurde:

> Und das ist Leben. Bis aus einem Gestern
> die Einsamste von allen Stunden steigt,
> die, anders lächelnd als die andern Schwestern,
> dem Ewigen entgegenschweigt.

Alexander Kiensch

Eduard Mörike

8. 9. 1804 – 4. 6. 1875

150. Todestag

An dem 1804 in Ludwigsburg geborenen Dichter Eduard Mörike schieden sich schon immer die Geister. Für den späteren Schriftstellerkollegen Hermann Hesse war Mörike »einer der größten Lyriker aller Zeiten«. Gottfried Benn hingegen konnte sich nur wundern, wie »dieser« – seiner Meinung nach – »völlig geistlose Mann« einige der schönsten und rätselhaftesten Gedichte der deutschen Literatur verfassen konnte. So etwa die folgenden berühmten Verse:

Er ist's

Frühling lässt sein blaues Band
Wieder flattern durch die Lüfte;
Süße, wohlbekannte Düfte
Streifen ahnungsvoll das Land.
Veilchen träumen schon,
Wollen balde kommen.
– Horch, von fern ein leiser Harfenton!
Frühling, ja du bist's!
Dich hab ich vernommen!

Eduard Mörike meint es gut mit seinen Leserinnen und Lesern. Die meisten seiner Gedichte sind fröhlich geradeso wie ein Kinderringelreihen und auch bezaubernd wie ein frischer, duftender Blumenstrauß. Kein Wunder, dass Mörike wie kein anderer Dichter mit dem Etikett des biedermeierlichen Idylls belegt worden ist. Als ›Mensch in Schlafrock und Pantoffeln‹ ist er bezeichnet worden. Und Heinrich Heine gar lästerte: »Ein ganz ausgezeichneter Dichter der schwäbischen Schule ist Herr Mörike. Man sagt mir, er besinge nicht nur Maikäfer, sondern sogar Lerchen und Wachteln, was gewiss sehr löblich ist.«

Sicher, Mörike war sich nicht zu schade, über das Alltäglichste und Gewöhnlichste in beschaulicher Manier und Weise zu reimen. Nicht nur über Maikäfer, Lerchen und Wachteln, schlimmer noch, auch über Küchenschaben, Stechmücken, Essigkolben auf der Fensterbank, ja sogar über Senfgurken dichtete Mörike. Beim Lesen weht einem aus all seiner Literatur eine Atmosphäre herzlicher Geselligkeit, Freundschaft und Liebe entgegen. Und dann gehen Mörikes Gedichte auch noch alle gut aus! Das darf – so zumindest von der Warte der gestrengen Gralshüter hoher deutscher Literatur aus betrachtet – eigentlich nicht sein, allenfalls im Märchen. Denn um große Kunst muss, wie Thomas Mann einmal feststellte, immer etwas von »Kreuz, Tod und Gruft« sein. Die deutsche Literatur liebt nun einmal weit mehr das Düstere, Melancholische, das Scheitern, die Verzweiflung, und eben nicht die Heiterkeit. Und da haben es so freundliche Helden wie der froh gestimmte Hofrat

Eduard Mörike (1851).

Arbogast und seine Frau Ännchen aus der Novelle *Der Schatz* (1836) oder das liebenswürdige Paar Seppe und Vrona aus der berühmten Geschichte *Das Stuttgarter Hutzelmännlein* (1853) nicht gerade leicht, höchste Anerkennung beim erlauchten Kritiker zu finden. (Vernichtend beispielsweise die Kritik von Seiten Friedrich Nietzsches: »Da lese ich, dass gar Mörike der größte deutsche Lyriker sein soll! Ist es nicht ein Verbrechen, dumm zu sein …«) Mörike aber blieb seiner Kunst treu und reimte frohgemut: »Und manche, die mich damals schalten, hätten auch besser den Mund gehalten.« Sogar beim Thema Tod trifft Mörike noch den idyllischen Ton und spendet poetischen Trost:

Denk es, o Seele!

Ein Tännlein grünet wo,
Wer weiß, im Walde,
Ein Rosenstrauch, wer sagt,
In welchem Garten?

Sie sind erlesen schon,
Denk es, o Seele,
Auf deinem Grab zu wurzeln
Und zu wachsen.

Zwei schwarze Rösslein weiden
Auf der Wiese,
Sie kehren heim zur Stadt
In muntern Sprüngen.

Sie werden schrittweis gehn
Mit deiner Leiche;
[...]

Nein, Mörike war ein freundlicher, sanfter, zuweilen entrückter Geist. Er gab nie den wilden Mann, bestieg in den Jahren der Revolution von 1830 und 1848 keine Barrikaden und verfasste auch keine Revolutionsaufrufe oder politischen Manifeste in Reimen. Die politische Tat war Mörikes Sache nicht. Aber auch in den Dingen des täglichen Lebens, vor allem aber mit regelmäßiger Arbeit, hatte er seine Schwierigkeiten.

So etwa zeigte er sich als Pfarrer im schwäbischen Cleversulzbach völlig überfordert, einer Gemeinde von gerade mal sechshundert Seelen vorzustehen; die Predigten bereiteten ihm körperliche Qualen, weshalb er sich immer häufiger von benachbarten Amtsbrüdern vertreten lassen musste. Ein Kollege mit weniger Verständnis für den zerbrechlichen Seelenhaushalt Mörikes nannte ihn schlicht ein »faul's Luder«. Und schließlich, bereits mit 39 Jahren, wurde er krankheits- beziehungsweise gnadenhalber in den Ruhestand versetzt. Mörike suchte fortan Rettung in seiner Literatur, über die er selbstironisch, aber vielleicht auch nicht ohne Ernst oder ohne eine gewisse Koketterie scherzte:

Mein Wappen ist nicht adelig,
Mein Leben nicht untadelig –
Und was da wert sei mein Gedicht,
Fürwahr, das weiß ich selber nicht.

Und er fand Ablenkung im Sammeln von Steinen. Mit seinen Wanderungen durch die Schwäbische Alp brachte er es zu einer ansehnlichen Sammlung von Versteinerungen. Seiner Existenz als dichtender Fossiliensammler entstammen die Arbeit *Studien eines angehenden Petrefaktensammlers* (1844/45) und beispielsweise das Gedicht *Der Petrefaktensammler* (1847).

Am 4. Juni 1875 starb Mörike in Stuttgart. Der Dichterkollege Gottfried Keller fand ehrenvolle Worte: »Wenn sein Tod nicht seine Werke unter die Leute bringt, ist ihnen nicht zu helfen, nämlich den Leuten.« Eins ist jedenfalls gewiss, Mörikes Dichtkunst ist leicht zugänglich, ohne falsches Pathos, und sie protzt nicht mit versteckter, verrätselter Intellektualität. Um es kurz in einem Satz zu sagen: Mörike zu lesen ist grundsätzlich für jeden, der sich darauf einlässt, ein Vergnügen.

Bert Sander

Antoine de Saint-Exupéry

29. 6. 1900 – 31. 7. 1944

125. Geburtstag

Als Antoine de Saint-Exupéry am 29. Juni 1900 in Lyon geboren wird, steht ein uralter Menschheitstraum kurz vor der Erfüllung: 1903, im Dezember, unternehmen die Brüder Wright in den USA den ersten Motorflug, und in Europa ist der Franzose Ferdinand Ferber der Erste, der – im Mai 1905 in Meudon bei Paris – mit Motorkraft fliegt. Die Anfänge sind recht bescheiden: Es geht ein paar Meter über dem Boden ein paar Dutzend Meter weit. Doch die Entwicklung ist rasant. Bis zum ersten Flug zwischen zwei Städten, zum ersten Nachtflug, zur ersten Überquerung des Ärmelkanals, des Mittelmeers, der Sahara usw. dauert es nur wenige Jahre.

Und die Faszination ist ungeheuer. Marcel Proust schildert in der *Suche nach der verlorenen Zeit* (Band 4, 1921/22) die erste Begegnung mit einem ›Aeroplan‹ an der normannischen Küste, in der Chronologie des Romans ist das um das Jahr 1908. Sein Erzähler ist so ergriffen, dass er weinen muss; ähnlich, meint er, müsse einem Griechen zumute gewesen sein, der zum ersten Mal einen Halbgott erblickte. Franz Kafka ist begeistert von der Flugschau, die er 1909 zusammen mit Freunden in Brescia besucht. (Im Publikum befinden sich auch

Giacomo Puccini und Gabriele D'Annunzio, ein anderer berühmter Flieger der Weltliteratur.)

Für Antoine de Saint-Exupéry wird das Fliegen Traum, Berufung, Lebensinhalt. Wenn er mit dem Fahrrad unterwegs ist, erzählt er hinterher, dass er geflogen sei. Vom Dorfschreiner möchte er, dass der ihm Tragflächen ans Fahrrad montiert. Und als die Familie im Sommer 1912 wie üblich im Schloss von Saint-Maurice-de-Rémens, nordöstlich von Lyon, ihre Ferien verbringt, überredet er den Flugzeugkonstrukteur Gabriel Wroblewski auf dem nahegelegenen Flugfeld von Ambérieu, wo er sich gern stundenlang aufhält, mit ihm zwei Runden um den Platz zu drehen, kurz nach seinem 12. Geburtstag. Dass er behauptet, dafür die Erlaubnis seiner Mutter zu haben, ist eine glatte Lüge.

Antoine hat vier Geschwister, zwei Schwestern sind älter, ein Bruder und eine Schwester jünger als er. Der Vater stirbt schon 1904, dennoch erleben die Geschwister ihre Kindheit als unbeschwerte, glückliche Zeit. Von der Zweitältesten, Simone, gibt es ein schönes Buch darüber: *Cinq enfants dans un parc* (2000; dt. *Fünf Kinder in einem Park*). Saint-Exupéry wird später sagen: »Ich stamme aus meiner Kindheit, wie man aus einem Land stammt«. Überhaupt ist das verlorene Paradies der Kindheit stetes Thema in allen seinen Werken.

Er besucht Schulen in Lyon, Le Mans, wohin die Mutter zeitweilig zieht (ihr Schwiegervater wohnt dort), und, nach Ausbruch des Ersten Weltkriegs, in Freiburg in der Schweiz. Nach dem Abitur 1917 strebt Antoine eine Karriere in der Marine an, scheitert aber nach den zweijährigen Vorbereitungsklassen 1919 bei der Aufnahmeprüfung für die Marinehochschule École navale – ausgerechnet im Fach Literatur.

Während des Militärdienstes 1921–23 lässt er sich zum Piloten ausbilden. Im Anschluss möchte er zur Luftwaffe, doch die Familie seiner Verlobten Louise de Vilmorin ist dagegen. Saint-Exupéry nimmt eine Verwaltungstätigkeit an, löst im Herbst 1923 die Verlobung, arbeitet danach als Vertreter für eine Lastwagenfirma und macht gelegentlich Rundflüge für Privatleute. Nebenher schreibt er.

1926 endlich bekommt er eine Anstellung bei der Luftpostgesellschaft von Pierre Latécoère, die im Jahr darauf zur Compagnie générale aéropostale wird. Nach einigen Monaten als Mechaniker ist er Pilot und fliegt die Strecke Toulouse–Casablanca–Dakar. 1927 ernennt man ihn zum Leiter der Flugstation Cap Juby im damaligen Spanisch-Marokko. Dort, am Rand der Wüste, verbringt er ein Jahr und schreibt den autobiographisch getönten Roman *Courrier Sud* (1928; dt. *Südkurier*, 1949), das erste von fünf Büchern, die ihn berühmt machen. 1929 wird er in Buenos Aires Direktor der Aeroposta Argentina, einer Tochtergesellschaft der Aéropostale.

Es ist die Pionierzeit der Fliegerei; vieles erinnert an die »tollkühnen Männer in ihren fliegenden Kisten« (Filmtitel von 1965). Die Piloten sitzen im offenen Cockpit, Wind und Wetter ausgesetzt, Kälte und Regen. Man navigiert wie auf hoher See nach den Sternen. Existiert keine Funkverbindung, ist man auf sich allein gestellt. Ein Flug über die Sahara ist gefährlich nicht nur, weil die Wüste tödlich sein kann, sondern auch, weil feindliche

Antoine de Saint-Exupéry.

Stämme Piloten nach einer Notlandung als Geiseln nehmen oder gleich umbringen. Man fliegt daher immer mit zwei Flugzeugen. Ein Flug über hohe Gebirge wie die Anden birgt wieder andere Gefahren.

1930 lernt er seine zukünftige Frau Consuelo Suncín kennen. Nach der Heirat in Frankreich, 1931, kehrt er nicht nach Argentinien zurück. Verschiedene Stationen folgen, teils als Pilot in Frankreich und den nordafrikanischen französischen Kolonien, teils als Reporter in Russland und im Spanischen Bürgerkrieg. 1931 erscheint der Roman *Vol de Nuit* (dt. *Nachtflug*, 1932).

Beim Versuch, den Streckenrekord Paris–Saigon zu unterbieten, stürzt Saint-Exupéry 1935 in der ägyptischen Wüste ab und überlebt zusammen mit seinem Mechaniker nur knapp. Ein weiterer Rekordflugversuch von New York nach Feuerland endet 1938 mit dem Absturz in Guatemala und schweren Verletzungen. 1939 erscheint *Terre des hommes* (dt. *Wind, Sand und Sterne*, 1939) über seine Zeit als Postpilot; das schmale Buch wird in Frankreich und den USA zum Bestseller.

Im Zweiten Weltkrieg ist Saint-Exupéry Aufklärungsflieger. Aus einer hochgefährlichen Mission über dem Norden Frankreichs unter Beschuss durch deutsche Flugabwehrkanonen entsteht *Pilote de guerre* (1942; dt. *Flug nach Arras*, 1942); in Frankreich wird das Buch bald nach Erscheinen von den Besatzungsbehörden verboten. Nach dem Waffenstillstand geht er nach New York. Dort, auf Long Island, schreibt er auf Anregung seiner amerikanischen Verleger, die sich von ihm für das Weihnachtsgeschäft ein Buch für Kinder wünschen und ihn wohl auch von der mühseligen Arbeit an *Citadelle* (dazu gleich) abbringen möchten, im Herbst 1942 seinen Welterfolg *Le Petit Prince* (dt. *Der kleine Prinz*). Auch die Illustrationen fertigt er selber an; sie lassen Ähnlichkeit erkennen zu Karikaturen, wie er sie gern seinen Briefen beigibt und die ihn in unterschiedlichen Situationen zeigen. Das Buch erscheint im April 1943 auf Französisch und Englisch in den USA, 1946 dann auch in Frankreich und 1950 auf Deutsch. Für die französische Ausgabe lässt der Verlag die Zeichnungen nach der amerikanischen Vorlage neu anfertigen, weil die Originale als verschollen gelten. Seit langem schon arbeitet Saint-Exupéry an einem poetisch-philosophischen Werk – seinem umfangreichsten –, das seine Weltsicht darlegen soll. Es erscheint 1948 posthum unter dem Titel *Citadelle* (dt. *Die Stadt in der Wüste*, 1951).

Für den *Petit Prince* gibt der Absturz von 1935 die Blaupause ab: Ein Pilot muss in der Wüste notlanden und begegnet dem kleinen Prinzen, der von einem anderen Stern stammt und sich auf der Erde schon mit einem Fuchs angefreundet hat; mit Hilfe der Schlange wird er auf seinen Asteroiden zurückkehren. Ähnlichen Einfluss hat ein anderer Zwischenfall: Sechs Jahre zuvor, 1929, muss Saint-Exupéry im Norden Argentiniens nahe dem Uruguay-Fluss notlanden. Zwei junge Mädchen kommen näher, die ihm wie Feen erscheinen, wie Wächter an der Schwelle eines verbotenen Königreichs, und sprechen ihn auf Französisch an. »Ich war auf einem Feld gelandet, und mir war nicht bewusst, dass ich ein Märchen erleben würde«, berichtet er in dem »Oase« überschriebenen Kapitel von *Terre des hommes*. Der Vater der Mädchen kommt im Ford angefahren, man bringt ihn auf das Schloss, das die Familie Fuchs-Valon dort bewohnt. Die Töchter, Edda und Susana, sind 9 und 16 Jahre alt und erinnern ihn an seine Schwestern. Sie haben viele Tiere, Hunde, Vögel, einen Leguan, eine Manguste, einen Affen, Schlangen gibt es, einen zahmen Fuchs, und im Park Flaschenbäume, die aussehen wie die Baobabs im *Petit Prince*. Über Saint-Exupéry, das Castello San Carlos und die »argentinischen Prinzesschen« gibt es den zauberhaften kleinen Film *Vuelo nocturno: La leyenda de las princesitas argentinas* von 2016. Die Schwestern berichten darin unter anderem, ihr Gast habe immer sein Notizbuch dabeigehabt und ständig geschrieben.

Obwohl er das Höchstalter für Kampfeinsätze längst überschritten hat, erreicht Saint-Exupéry dank guter Kontakte zur Generalität, dass er wieder fliegen darf, zunächst von Tunis aus, dann auf Sardinien und auf Korsika stationiert. Von einem Aufklärungsflug mit seiner Lockheed Lightning über die französischen Alpen am 31. Juli 1944 kehrt er nicht zurück. Eine Leiche wird nie gefunden, was in der Folge zu wilden Spekulationen über sein Ende oder auch Überleben Anlass gibt. 1998 dann stößt ein Fischer in seinem Netz auf ein Armband mit Namen und New Yorker Verlagsadresse Saint-Exupérys, 2004 wird in der Bucht vor Marseille in 80 m Tiefe seine Maschine entdeckt. 2008 erklärt der ehemalige Jagdflieger Horst Rippert, später Sportreporter beim ZDF, er habe Saint-Exupéry abgeschossen und bedauere zutiefst, »den von mir sehr verehrten Autor getötet zu haben«. Horst Rippert war der ältere Bruder von Hans Rolf Rippert, der als Sänger unter dem Namen Iwan Rebroff bekannt geworden ist.

Seit dem 29. Juni 2000, dem 100. Geburtstag des Autors, trägt der Flughafen seiner Heimatstadt den Namen Aéroport Lyon-Saint-Exupéry.

Dieter Meier

Anna Seghers

19. 11. 1900 – 1. 6. 1983

125. Geburtstag

Im Frühjahr 1941 gelang der Schriftstellerin Anna Seghers und ihrer Familie mit einem der letzten Schiffe, die Marseille verließen, die Flucht nach Mexiko, das ihnen ein Visum bewilligt hatte. Die Überfahrt für eine Person kostete rund 200 Dollar – auf einem Frachter, der gar nicht für Passagiere vorgesehen war. Entsprechend waren die Zustände für die 300 Flüchtlinge an Bord. Über drei Wochen dauerte die Überfahrt auf dem umkämpften Atlantik, ehe sie am 20. April die Karibikinsel Martinique erreichten. Doch wie weiter? Es folgte ein wochenlanger Aufenthalt in einem Lager, ehe sie getrieben von Insel zu Insel am 16. Juni nach New York gelangten.

Ein Marinearzt der Einwanderungsbehörde begutachtete die Neuankömmlinge. Ihm fiel das ständige Blinzeln, hervorgerufen durch Kurzsichtigkeit, von Seghers' Tochter Ruth auf. Der Hinweis auf eine psychische Erkrankung? Die Familie wurde auf die Einwanderungsinsel Ellis Island gebracht, wo sie auf die Entscheidung zu warten hatte. Die Insel durften sie nicht verlassen, jedoch Besuch empfangen. So konnte der amerikanische Literaturagent Maxim Lieber ihr den Verlagsvertrag für ihren Roman *Das siebte Kreuz* zur Unterschrift vorlegen. Als

Internierte unterschrieb sie den Vertrag, der ihren späteren Weltruhm als Schriftstellerin begründen sollte. Ihren Roman wollte man in Amerika, die Autorin nicht.

Da die medizinischen Untersuchungen der Tochter noch einen Monat in Anspruch nehmen sollten – verbunden mit einem weiteren Aufenthalt in Ellis Island –, entschied sich Anna Seghers, die sich bereits in Marseille um ein US-Visum bemüht hatte, schließlich doch für Mexiko. Nach dem Abschied von der New Yorker Skyline ging es nun in ein unbekanntes Land, wo sie am 30. Juni 1941 Veracruz in Mexiko erreichten. Drei Monate nachdem sie Marseille verlassen hatten. Später sollte Seghers über diese Odyssee sagen, dass sie länger unterwegs waren als Kolumbus.

Nun also ein zweiter völliger Neuanfang. Nach acht Jahren im französischen Exil sollten sechs Exiljahre in Mexiko folgen. Inzwischen war Anna Seghers vierzig Jahre alt. Am 19. November 1900 war sie in Mainz als Annette, Tochter des angesehenen jüdischen Kunst- und Antiquitätenhändlers Isidor Reiling und seiner Frau Hedwig, zur Welt gekommen. In Köln und Heidelberg studierte sie u. a. Kunstgeschichte und Geschichte und promovierte 1924 über Judentum im Werke Rembrandts. In Heidelberg lernte sie Laszlo Radvanyi, einen ungarischen Soziologen und engagierten Kommunisten, kennen. Nach der Hochzeit zog das Paar nach Berlin, wo ein Jahr später Sohn Peter geboren wurde. Unter dem Pseudonym Anna Seghers – eine Hommage an den niederländischen Maler und Grafiker Hercules Seghers – veröffentlichte sie erste Erzählungen. 1928 erhielt sie für die sozialkritische Erzählung *Aufstand der Fischer von St. Barbara* den renommierten Kleist-Preis. Im selben Jahr wurde ihre Tochter Ruth geboren. Außerdem trat sie in die KPD ein, 1929 in den Bund proletarisch-revolutionärer Schriftsteller.

Nach der Machtergreifung der Nationalsozialisten im Frühjahr 1933 wurde Anna Seghers kurzzeitig von der Gestapo verhaftet. Ihre Bücher fielen der Bücherverbrennung zum Opfer. Daraufhin floh sie mit ihrer Familie in die Schweiz. Wenig später ging sie ins Exil nach Paris. Doch kurz nach Ausbruch des Zweiten Weltkrieges und dem Einmarsch der deutschen Soldaten in Paris bemühte sie sich in ihrer Verzweiflung um die Bewilligung der Ausreise, die schließlich im Frühjahr 1941 gelang.

Im mexikanischen Exil musste Anna Seghers zunächst die lebensnotwendigen Alltagsdinge der Familie managen, denn ihr Ehemann war in dieser Hinsicht mehr als unerfahren. Außerdem musste sie Geld verdienen. Gleichzeitig knüpfte sie Kontakte zu anderen Exilschriftstellern, aber auch zu internationalen Künstlerinnen und Intellektuellen wie Pablo Neruda, Frida Kahlo oder Diego Rivera. Mit Egon Erwin Kisch gründete sie den antifaschistischen Heinrich-Heine-Klub als deutsche Literatur- und Kulturvereinigung und wurde dessen Präsidentin. Zusammen mit Ludwig Renn organisierte sie die Bewegung Freies Deutschland und gab die gleichnamige Zeitschrift heraus.

Im Juni 1943 erlitt sie einen schweren Verkehrsunfall. Es folgte ein langer Krankenhausaufenthalt, doch mit

Anna Seghers.

Hilfe von Ärzten und Freunden kämpfte sie sich ins Leben, in ihr Dasein als Schriftstellerin zurück.

Neben der Erzählung *Ausflug der toten Mädchen* (1943) entstand in Mexiko der Roman *Transit*, der 1944 erschien und in dem Seghers ihre dramatische Flucht durch Südfrankreich verarbeitete. Darin schildert sie eindrucksvoll, wie verzweifelte Flüchtlinge in Marseille versuchen, die erforderlichen Papiere für eine Schiffspassage zu erhalten. Ihr Roman *Das siebte Kreuz* erschien im September 1942 in den USA auf Englisch. Wenig später folgte eine deutsche Ausgabe in dem eigens für Exilliteratur gegründeten Verlag El Libro Libre in Mexiko. Erzählt wird die Flucht von sieben Häftlingen aus einem fiktiven Konzentrationslager und deren Verfolgung durch die SS. Als der Roman 1944 in den USA von Fred Zinnemann verfilmt wurde, machte Seghers das finanziell unabhängiger.

War die mexikanische Welt auch noch so schillernd, das Land blieb Seghers weitgehend fremd. Bis zuletzt sprach sie kein Wort Spanisch. Trotzdem sollte sie die Jahre in Mexiko später als »die schönsten meines Lebens« bezeichnen.

1947 dann die Rückkehr nach Deutschland. Anna Seghers wohnte zunächst in West-Berlin. Erst drei Jahre später zog sie nach Ost-Berlin. Nach dem langen Exil von vierzehn Jahren kam ihr Deutschland »ganz beklemmend und ganz unwahrscheinlich frostig« vor. Im Juli 1947 erhielt sie für *Das siebte Kreuz* den renommierten Büchner-Preis. In ihrem 1949 erschienenen Gesellschaftsroman *Die Toten bleiben jung* setzte sie sich kritisch mit der deutschen Geschichte zwischen 1918 und 1945 auseinander.

Anna Seghers engagierte sich in der Weltfriedensbewegung und in der 1950 neu gegründeten Deutschen Akademie der Künste. Von 1952 bis 1978 war sie Vorsitzende des DDR-Schriftstellerverbandes. Mit ihrer Person und ihrem Werk versuchte sie, die demokratische

Erneuerung in Nachkriegsdeutschland zu gestalten. Mit zahlreichen Preisen geehrt, wurde sie zu einer wichtigen Repräsentantin der DDR, oft als ›antifaschistisches Aushängeschild‹ des DDR-Literaturbetriebs angesehen. Trotz ihrer Enttäuschung mit der Realität in der DDR äußerte sie nie offen Kritik. In ihren Werken der 1960er Jahre findet man diese nur in Andeutungen. Ihre Erzählung *Der gerechte Richter* von 1957 (aber erst nach der Wende veröffentlicht) war zwar eine Absage an den Sozialismus stalinistischer Prägung, doch bei dem Schauprozess gegen den Verleger Walter Janka 1957 oder bei der Ausbürgerung des Liedermachers Wolf Biermann 1976 hatten viele vergebens auf ein Eingreifen von ihr gehofft. Ihr Wort hätte sicher Gewicht gehabt.

Mit zunehmendem Alter und aus gesundheitlichen Gründen zog sich Anna Seghers immer mehr von öffentlichen Aufgaben zurück, besonders nach dem Tod ihres Mannes 1978. Am 1. Juni 1983 starb sie in Ost-Berlin.

Manfred Orlick

Ernst Jandl

1. 8. 1925 – 9. 6. 2000

100. Geburtstag

Ernst Jandl, der am 1. August 1925 in Wien geboren wurde, entwickelte sich zu einem Superstar der deutschsprachigen Lyrik, den die Welt wohl kaum ein zweites Mal erlebt hat. So vollmundig das klingt, so phänomenal ist der Erfolgsparcour über ein Leben hinweg, in das diese Bilanz keineswegs von der Wiege her gedacht werden konnte. »Von 10 bis 30 gab es ununterbrochen Kampf, für mich allein, innerlich, ich gegen mich. Kampf gegen das Eindringen, in mich, der faschistischen Barbarei, Kampf ums Überleben im Krieg, dann Kampf gegen das Ersticken im Sumpf der wiedererstandenen österreichischen Kleinbürgerlichkeit.« Die alten k.u.k.-Zwänge, die konfessionellen, sozialen und familiären Verpflichtungen ließen kaum die weite Welt spüren, die Ernst Jandl später erleben durfte: sein wachsendes literarisches Netzwerk in Österreich, dann besonders in Deutschland, sein legendärer Auftritt 1965 in der Londoner Royal Albert Hall vor rund 7000 Menschen bis hin zu den Vortragstouren in den USA. In London stahl er dem Kultautor Allen Ginsberg die Schau, so heißt es, ausgerechnet von einem Deutschen, dessen Stimme nicht wenige an die Adolf Hitlers erinnerte, bevor sie realisierten, dass hier ein Wortzertrümmerer und Sprachspieler genau diesen Nazi-Sprech aufsetzte, um ihn erbarmungslos bloßzustellen. »schtzngrmm« ist wohl eines der faszinierendsten Antikriegsgedichte in einer universalen Sprache – kaum wirklich als Deutsch zu bezeichnen (die Lauffolge des Gedichttitels ausgenommen); man hört die Granaten übers Feld zischen und Maschinengewehrsalven monoton in den Ohren liegen, bis das »t-t-t-t« am Ende ein »t-tt« den Tod evoziert. Der Deutschlehrer mit der Hornbrille hatte allerdings keinerlei Starallüren, war eher unscheinbar, lebte offenbar ganz im gesprochenen, gespielten Wort, gespielt in dem Sinn, dass Jandl seine Sprechtexte auch szenisch erweiterte, bis hin zu dramatischen Aufführungen.

Anfangs dichtete er noch konventionell, geprägt von den poetischen Versuchen der Mutter Luise, die seine berufliche wie individuelle Laufbahn bestimmte, bis hin zur Zensur der Lektüre. Erst nach ihrem frühen Tod konnte er sich frei machen, zollte aber wie sie seiner Lehrerkarriere zunächst mehr Aufmerksamkeit als der Dichtung, der Nebenbei-Spielerei. Obwohl sein Verhältnis zu den Eltern eher als schwierig einzustufen war, die sich in ihrem engen und engstirnigen Leben eingerichtet hatten, erschuf er der Mutter mit seinem erfolgreichsten Gedichtband *Laut und Luise* ein kleines Denkmal. Davor rebellierte er auf seine Art gegen die Zeit, was nicht ungefährlich war. 1944 intonierte er als Soldat beim Kameradschaftsabend: »... Endlos, ewig / pulst der gleiche dumpfe Schritt / durch die Menschen aller Zeiten / Doch – ich geh nicht ewig mit«. 18 Jahre später schreibt er

Ernst Jandl (1992).

mit »wien : heldenplatz« seine infernalische Parodie auf den Nazi-Aufmarsch 1938, als Hitler den Anschluss Österreichs ans Deutsche Reich proklamierte. Jandl war als Kind dabei – nun holte er in einer betont beschädigten Sprache, mit einer Mischung aus Wortneuerfindungen, lautmalerischen Aggressionen und pseudogermanischen Stabreimen die Situation ins Bewusstsein zurück, als Mahnung an die Nachgeborenen. Wie kaum ein anderer reduzierte Jandl die Sprache auf das Wort und den Laut bis hin zur Buchstaben-Melange, aus der er seine Poesie neu erschuf. *Laut und Luise*, worin auch das Anti-Heldenplatz-Gedicht erschien, erhebt nicht ohne Grund den Laut zum Titelwort. Dabei ist der Dichter stets auch gewitzt genug, dass jede doppelte Bedeutung mitgedacht werden kann – hier im Sinne von ›laut und leise‹. Die Untergrabung der Sprachlogik, die Lust am klangvollen Zufall und Zerfall beschrieb Jandl selbst als »heruntergekommene Sprache«, doch erkennt man nicht selten eine umso größere Zuneigung zu dem Werkzeug, das uns Kommunikation ermöglicht, die von vielen leichtfertig, gedankenlos und schlampig gepflegt wird. Man denke nur an die nur scheinbar lustige und mehr denn je brandaktuelle Sorglosigkeit, »lechts« und »rinks« könne man nicht »velwechsern«: »werch ein illtum« (»lichtung«). Ganz respektvoll ist seine Entzauberung des Goethe-Gedichts »Gefunden«. In seiner Kunstsprache, die Anlehnungen an bestimmte Soziolekte ahnen lässt, greift er wortverliebt in das Naturgedicht ein, und er findet unmittelbar einen Jandl-Sound, der die Sprache des deutschen Klassikers in eine Wiener Heurigenseligkeit überführt, um dem Leser am Schluss zu versichern, dass er hier einem »goethen-gedichten« beiwohnt. »*das* sein ein *sprach*« huldigt der Kultursprache, ist aber letztlich eine freche Replik Jandls selbst, dem eigentlichen »sprachenkunstler«.

ich dir zitieren einen gedichten
ich sein sprachenkunstler, sprachenkunstler
ich dir zitieren einen goethen:
in walden ich gehen so führen mich hinnen
und nichtsen zu suchen das sein mein sinnen
in walden ich sehen ein blumen stehn
wie sternen leuchten wie augen schön

ich sollen den blumen brechen sein
sprechen den blumen: nein nein nein
in walden ich gehen so führen mich hinnen
und nichtsen zu suchen das sein mein sinnen
–
sein ein goethen-spruchen
goethen-gedichten …
das sein ein *sprach* …

Ähnlich geht es zu in dem Zyklus *der gewöhnliche rilke*, den er auf Dinglichkeiten reduziert, nicht ohne den großen Atem anzuerkennen. Die Symbolisten und Mystiker waren nicht so sehr seine Hausheiligen. Wohl aber die Protagonisten der Konkreten Poesie, die sich wie die Künstler zu Beginn des 20. Jahrhunderts darüber mokierten, dass die abstrakte Kunst nicht abstrakt sei, sondern eben konkret: ihre Mittel wären nicht nichts, sondern Farbe und Form. Bei den Dichtern waren dies Wort, Laut und Buchstabe. Sie kamen vom Dadaismus her und von den konstruktivistischen Richtungen in Europa. Ernst Jandl las August Stramm, Hans Arp; Gertrude Stein wurde auch für ihn eine Ikone der Bewegung, der Jazz darf nicht unerwähnt bleiben. Der hochbetagte Raoul Hausmann adelte ihn zum »Dadajajajandl«. Aber vor allem suchte er Kontakte zu allen führenden konkreten Dichtern, zunächst zu Hause in der Wiener Gruppe und im »Forum Stadtpark«: »der vater der wiener gruppe ist h. c. artmann, die mutter … ist gerhard rühm / die kinder … sind zahllos / und ich bin der onkel«. Im Austausch einschlägiger Zeitschriften, dem Kennenlernen von Bekannten konkreter Freunde wurde Jandl rasch im gesamten deutschsprachigen Raum zur Kultfigur, nicht zuletzt durch die engen Bande zur Stuttgarter Gruppe um Max Bense, Reinhard Döhl, Eugen Gomringer u. a. m. Aber war er wirklich ein konkreter Dichter? Man kann herrlich sinnieren über sein englischsprachiges Gedicht »i love concrete«, in dem er mit der Doppelbedeutung von Beton und konkret, »pot« und »poet« spielt: »i love pottery / but i'm not / a concrete pot«. Überschaut man das gesamte Werk, könnte man Zweifel an Jandls Zugehörigkeit bekommen. Aber gerade im Stuttgarter Kreis war er als einer der Ihren willkommen.

Sein Ruhm war hart erkämpft. Im Grunde war er beziehungs- und eheunfähig. Depressionen, leidige Beinoperationen setzten ihm mehr und mehr zu. Am 9. Juni 2000 starb er in Wien an Herzversagen. Friederike Mayröcker, seine langjährige, einzige Lebensgefährtin und Seelenverwandte, ohne die er »kaum … ein brauchbares Gedicht geschrieben« hätte, wählte in einer posthumen Gedenkpublikation eines seiner populärsten Gedichte aus: »Ottos Mops«, das in keiner relevanten Anthologie fehlen darf, auch nicht bei Reclam. Manche lasen das Gedicht als Parabel von der Rückkehr des verlorenen Sohnes. Als Clemens J. Seitz 2021 den Georg-Büchner-Preis erhielt, ehrte er sein Vorbild, »diesen ausgefuchsten listenreichen Verbindungsmann zur Undergroundszene der Buchstaben und sprachlichen Abweichungen, meine allererste Liebe aus reclamgelben Jugendtagen«.

Günter Baumann

George Orwell

25. 6. 1903 – 21. 1. 1950

75. Todestag

> Unter dem Fenster sang jemand. Winston spähte hinaus, […] unten in dem sonnendurchfluteten Hof stapfte eine unförmige Frau […]. Die Melodie war seit Wochen durch London gegeistert. Es handelte sich um einen von zahllosen anderen Songs, die für die Bedürfnisse der Proles von einer Unterabteilung der Musikabteilung veröffentlicht wurden. Die Texte dieser Songs wurden ohne jegliches menschliche Zutun auf einem Gerät erstellt, das Versifikator genannt wurde.

Moment mal: Stammt dieser kleine Abschnitt, in dem es um künstliche Intelligenz geht, nicht aus *1984*, George Orwells 1948 geschriebener düsterer Zukunftsvision? Woher wusste Orwell von ChatGPT (bei ihm: ein »Versifikator«) und den Problemen im Zusammenhang mit von KI produzierter Kunst? Wie kann das sein?

Orwells Roman ist die vielleicht wichtigste Dystopie überhaupt, also der Entwurf einer beunruhigenden zukünftigen Welt – vor allem in Bezug auf einen allgegenwärtigen Überwachungsstaat, für den »Big Brother is Watching You« zum geflügelten Wort wurde.

Als am 28. Februar 2000 die Reality-Show *Big Brother* erstmals ausgestrahlt wurde, in der unter ständiger Video-Beobachtung stehende Freiwillige jeweils alle zwei Wochen zwei aus der Gruppe herauswählten, schien es, als ob Orwells Dystopie direkt umgesetzt würde. Die erste Staffel wurde nach 102 Tagen am 9. Juni 2000 abgeschlossen, bis heute wurden mehr als ein Dutzend Nachfolger und viele andere Formate wie *Das Dschungelcamp* oder *Der Bachelor* produziert. Verblüffend ist nicht nur die Bereitschaft der Teilnehmenden, sich völlig zu entblößen, sondern auch die Tatsache, dass sich ein Millionenpublikum findet, das sich für so etwas interessiert und Teile seiner Freizeit investiert, um das Geschehen in den von der Außenwelt abgeschotteten, totalüberwachten Bereichen zu verfolgen.

Woher kamen Orwells Freiheitsdrang und sein Drang zum Schreiben? George Orwell hieß eigentlich Eric Arthur Blair. Er wurde 1903 in Bengalen/Indien geboren und besuchte eine strenge Privatschule. Seinen Schulabschluss machte er am berühmten Eton College und schlug zunächst eine militärische Karriere ein. Aus Protest gegen die imperialistische Politik Englands trat er jedoch 1927 aus der Armee aus und widmete sich der Schriftstellerei – eine Passion, die er sich als Tellerwäscher und Aushilfslehrer finanzierte. 1936 nahm er als Freiwilliger am spanischen Bürgerkrieg teil, verließ das Land 1937 schwer verwundet, kehrte nach Großbritannien zurück und schrieb weiter – bis zu den ersten Erfolgen. Vor diesem Hintergrund von Kolonialismus (sein *Shooting an Elephant* aus dem Jahr 1936 sollte einer der eindrücklichsten Texte über und gegen Kolonialismus werden), Armee und unmittelbarer Erfahrung diktatorischer Systeme wird sein faszinierendes Werk erst verständlich.

Eine Dystopie hat nicht die Aufgabe, Zukunft exakt vorauszusagen, sondern vielmehr die Möglichkeiten der Zukünfte aufzuzeigen, in dem Sinne, in dem Dietmar Dath Science-Fiction als ›Nie-Geschichte‹ versteht, also als Geschichte, die so nie wird stattfinden können (weil sie sich bereits jemand ausgedacht und niedergeschrieben hat), die aber zeigt, was passiert, wenn wir uns in unserer Zeit für bestimmte Dinge entscheiden. Die Frage, ob Orwell alles vorher gewusst hat, ist also falsch gestellt: Er hat nichts vorhergesehen, war kein Hellseher, doch verstand er sehr genau, wie im Angesicht diktatorischer Systeme – wie etwa des russischen Stalinismus – Gesellschaften organisiert werden, um ihre Mitglieder unter Kontrolle zu bringen und zu brechen, und hat dies in die Zukunft hinein verlängert.

Drei Ministerien gibt es in der Welt von *1984*: Das Ministerium für Frieden befasst sich mit dem unendlichen Krieg zwischen den drei letzten Staaten, Eurasien, Ozeanien und Ostasien (zwei der drei Staaten verbünden sich gegen den dritten; steht der Krieg kurz vor dem Ende, werden die Koalitionen umgeschmiedet, und der Krieg geht von neuem los). Das Ministerium für Überfülle organisiert den eklatanten Mangel an allem. Das Ministerium für Liebe versucht mit Hilfe von Folter und Morden die gesellschaftliche Ordnung aufrechtzuerhalten – das schlimmste Ministerium von allen.

Faszinierende Aufnahme einer Orwell-Statue, die mit dem Schatten einen Leser beobachtet/anweist.

Eine Parteielite übernimmt die Führung und gibt einen eigenen Denkstil vor: Doppeldenk. Alles, was vorgegeben wird, ist wahr, nichts hat Bestand. Wissenschaftsleugnung ist Staatsraison. In einer der beunruhigendsten Szenen versucht der Parteifunktionär O'Brien den noch widerspenstigen einfachen Parteisoldaten Winston, der auf seiner Individualität besteht, zu erziehen, indem er ihn foltert: Winston soll erkennen, dass 2 und 2 gleich 4, aber auch gleich 5 sein kann, je nachdem, was die Partei vorgibt:

»Sie lernen nur langsam, Winston«, sagte O'Brien sanft.

»Was kann ich dafür?«, schluchzte er. »Wie sollte ich nicht sehen, was vor meinen Augen ist? Zwei und zwei ergeben vier.«

»Manchmal, Winston. Manchmal ergibt es aber fünf. Manchmal drei. Und dann wiederum gilt alles gleichzeitig. Sie müssen sich mehr anstrengen. Es ist eben nicht leicht, geistig zu gesunden.«

Hellsichtig beschreibt Orwell, dass Folter wie immer, so auch hier, nur dem einen dient – das Opfer zu zerbrechen. Am Ende wird Winston in »Raum 101« geführt, wo das Schlimmste auf ihn wartet, was er sich vorstellen kann:

»Sie haben mich einmal gefragt«, sagte O'Brien, »was in Raum 101 sei. Ich sagte Ihnen, dass Sie die Antwort darauf längst kennen. Jeder kennt sie. Was in Raum 101 auf einen wartet, ist das Schlimmste auf der Welt. [...] für jeden etwas anderes. Es könnte die Angst sein, lebendig begraben zu werden oder den Tod durch Feuer, Ertrinken oder Pfählen zu erleiden oder auf fünfzig andere Arten zu sterben. Es gibt auch Fälle, bei denen es sich um eine triviale Sache handelt, die nicht einmal tödlich ist.«

Im Falle von Winston sind es Ratten, die sich durch seinen Kopf hindurchfressen würden. Einziger Ausweg ist, seine Geliebte als Ersatz für sich anzubieten: »Er musste einen anderen Menschen, den Körper eines anderen

Menschen, zwischen sich und die Ratten stellen.« Am Ende wird Winston zu einem guten Bürger: »alles war in bester Ordnung, das Kämpfen hatte ein Ende gefunden. Er hatte über sich selbst gesiegt. Er liebte den Großen Bruder«, lautet der letzte Satz im Roman.

Doch muss der Staat gar nicht so weit gehen, wie Orwell es schildert. Schon Neusprech und Doppeldenk prägen ausreichend. Ein Beispiel aus heutiger Zeit: Der Begriff der ›Remigration‹ wurde von rechten Kreisen umetikettiert, so dass er nicht mehr die selbstgewollte Rückwanderung oder Rückkehrmigration von Gastarbeitern in ihre Heimatländer meint, sondern Vertreibung und Deportation aller irgendwie Nicht-Deutschen: Die Sprachverdrehung funktioniert genau so wie die Benennung von Orwells »Ministerium für Liebe«, dem schlimmsten von allen Ministerien.

In seiner fast ebenso berühmt gewordenen *Animal Farm* (1945, dt. *Die Farm der Tiere*) untersucht Orwell, wie sich eine junge Gesellschaft entwickelt: Die Tiere auf einem Hof haben sich des Bauern entledigt und bauen eine neue, gleichberechtigte Gesellschaft auf. Doch die Schweine haben sich ein paar Hundewelpen zur Seite geschafft, um mit den später ausgewachsenen Hunden eine Schreckensherrschaft aufzubauen: Denn alle sind gleich, nur die Schweine sind gleicher.

In der Deutschen Demokratischen Republik (DDR) konnte man dafür ins Gefängnis kommen, wenn man eine Ausgabe von *1984* besaß. Im Roman heißt es: »Was die Partei für Wahrheit hält, ist die Wahrheit. Es ist unmöglich, die Wahrheit anders zu sehen, als mit den Augen der Partei.« Das »Lied von der Partei« wurde in der DDR nicht nur an Parteitagen gesungen. Der Refrain lautet:

> Die Partei, die Partei, die hat immer recht!
> Und, Genossen, es bleibe dabei;
> Denn wer kämpft für das Recht,
> Der hat immer recht.
> Gegen Lüge und Ausbeuterei.
> Wer das Leben beleidigt,
> Ist dumm oder schlecht.
> Wer die Menschheit verteidigt,
> Hat immer recht.
> So, aus Leninschem Geist,
> Wächst, von Stalin geschweißt,
> Die Partei – die Partei – die Partei.

Die Lektüre von Orwells Werken könnte uns dabei helfen, zu erkennen, wie wir allzu gerne auf Strategien der Entmündigung hereinfallen: Gleichheit für alle – nur nicht für die Reichen und Lobbyisten; Unterhaltung und Freizeit – die abhängig und unmündig macht; Wissenschaft – aber nur dann, wenn sie unsere vorgefasste Meinung bestätigt; nur noch dieser eine letzte Krieg – bis der nächste kommt. Alles und jeder wird verraten, wenn nur genug Druck ausgeübt wird.

Doch wollen wir das wirklich wissen?

Hannes Fricke

Vor 75 Jahren erschienen die *Peanuts* von Charles M. Schulz

1950

Werkjubiläum

»The words of the prophet are written on the subway wall«, singen Simon and Garfunkel (1966), womit sie das Betriebsgeheimnis amerikanischer Populärkultur verraten. Und in diesem Sinne hat auch Charles M. Schulz mit den Peanuts der großen Existenz-Philosophie eine neue Ausdrucksform gegeben: In einem Comic griff er die großen Fragen der Menschheit und des Menschseins auf. Genauer gesagt, in Comic Strips im eigentlichen Wortsinn, in einem Streifen von wenigen Bildern, die in Serie veröffentlicht wurden. Hier behandelte er die großen Fragen des Lebens beispielsweise nach Glück und Unglück, Erfolg und Misserfolg, Optimismus und Pessimismus, Selbstbehauptung und Resignation. Zunächst, ab 1947, trugen seine Figuren noch den Titel *Li'l Folks* (dt. ›kleine Leute‹), doch vor 75 Jahren, genauer am 2. Oktober 1950, erschien der erste Streifen dann unter dem Namen, unter dem die Figuren bis heute weltberühmt sind: *Die Peanuts.* Die Serie lief sieben Jahrzehnte lang. Einen Tag, nachdem Schulz am 12. Februar 2000 gestorben war, erschien der letzte Strip aus seiner Feder. Die Peanuts waren in mehr als einem Sinne sein Lebenswerk.

Charlie Brown mit seinem Schöpfer Charles M. Schulz (1956).

Der Strip hat eine strenge Form. Er hat wenige Bilder, und das letzte Bild bringt eine Pointe. Solche Strips sind Legion in Zeitungen, aber Schulz ging es nie allein um das Komische, die Pointe, den Gag, es ging ihm mit den Peanuts immer um mehr, um das Ganze eines Lebens. Die Peanuts beruhen auf den li'l Folks, doch von Anfang an hatten sie einen eigenen Stil. Dieser wurde nach den Anfängen um 1950 noch pointierter, aber im Wesentlichen wurde er bis zuletzt beibehalten. Die großen Köpfe der kleinen Leute gaben den Namen ab: Sie sahen ein wenig aus wie Erdnüsse. In Absetzung von den li'l Folks hatte sich nicht nur ihr Zeichenstil herausgebildet, sondern auch das Figurenensemble und der Handlungsraum wurden konkreter.

Im Zentrum stand exponiert von Anfang an, seit 1950, ein kleiner Junge, Charlie Brown, den man – noch nicht im ersten Strip, aber schon bald darauf – leicht an seinem weißen Pulli mit der schwarzen gezackten Linie erkennen konnte (als die Strips coloriert wurden, wurde der Pulli gelb). An seiner Seite: sein Hund Snoopy, ein Beagle. 1967 bekam Snoopy einen kleinen Freund, einen gelben Vogel, der gar nicht richtig fliegen kann, mit Namen Woodstock (den er allerdings erst 1970 erhielt). Um sie herum gruppierten sich nach und nach die anderen Figuren: Charlies geliebte Feindin Lucy, ihr Bruder Linus mit der Schmusedecke (1952), Pig Pen (1954), der immer um sich herum Staub und Schmutz verbreitet (er gehört nicht zum engsten Kreis des Ensembles, wurde aber im Jahr 2000 auf Platz 5 der beliebtesten Peanuts-Figuren geführt), Charlies altkluge, aber jüngere Schwester Sally (1959), die toughe Peppermint Patty (1966), die für ihr Alter einen bemerkenswert pragmatischen Zugriff auf das soziale Leben hat, dann ihre Freundin, die intellektuelle, aber sehr zurückhaltende und von Patty häufig in den Hintergrund gedrängte Marcie (1971), Franklin (1968), ein Junge of Colour mit afroamerikanischen Wurzeln. Und Schroeder, der permanent Klavier, genauer: Beethoven auf dem Klavier spielt und in den Lucy unglücklich und hoffnungslos verliebt ist (er war schon 1951 dabei).

Auch wenn die anderen Figuren den Kern um Charlie Brown und Snoopy erst nach und nach erweiterten, so bilden doch alle Figuren ein zusammengehöriges Ensemble. Jede Figur ist hochgradig individuell, hat einen ganz eigenen Charakter und ist doch Teil einer Gemeinschaft. Jede Figur ist, was sie ist – und was sie von den anderen unterscheidet. So ist Lucy Charlie Browns Antagonistin: Immer zieht sie ihm im letzten Moment den Ball weg, den er treten will, und lässt ihn so durch die Luft sausen und schmerzlich hinfallen. Charlie Brown schreit – aus Verzweiflung, dass sich seine Hoffnung, einmal den Ball zu treffen, nie erfüllt.

Solche Konstellationen gehen auf die Erzählform der Strips zurück, in denen sich immer nur sehr wenige, meistens nur zwei Figuren, treffen und ihre Sicht auf ein Thema miteinander austauschen. (Gelegentlich, vor allem, wenn sie zusammen feiern, tritt das ganze Kollektiv auf.) Aber gerade dieser Charakter (im doppelten amerikanischen Wortsinn als individuelle Figur wie auch als Profil) ermöglichte es Schulz, dass er die Peanuts schon relativ bald vom engen formalen Korsett des Strips befreien und sie in andere Medienformate überführen konnte, in das Comicbook, vor allem aber in das Fernsehen mit einer Reihe von Filmen (ab 1965) sowie (Zeichentrick-)Serien (ab 1965), und ins Kino (ab 1969). 2015 konnten sie sogar die klassische Zeichentrickform verlassen und sich im ersten computeranimierten Kinofilm austoben: *Die Peanuts – der Film.*

Der Handlungsort für nahezu alle Peanuts – jedenfalls immer ihr Ausgangs- und Zielpunkt – ist die amerikanische Vorstadt, die man in Minneapolis, Minnesota (wo Schulz in seiner Jugend wohnte) ebenso findet wie in Santa Rosa, Kalifornien (wo Schulz sein weiteres Leben verbracht hat, wo er die Redwood Empire Ice Arena errichtete und wo sich auch heute noch Snoopy's Gallery &

Gift Shop befindet). Nur manchmal zog es die Peanuts woanders hin, zum Beispiel nach New York, wo Charlie Brown an einem Buchstabierwettbewerb teilnahm (im ersten Kinofilm 1969 *A boy named Charlie Brown*). Abgesehen davon blieben sie in ihrer bürgerlichen Welt, mit sauberen, langen und langweilen Straßen und Gehsteigen, Gärten mit Gartenzäunen, einer Schule, einem Baseballfeld und den Häusern der Familien. In dieser Welt verbrachten die Peanuts eine behütete Kindheit mit klarer Tagesstruktur (Schule und Freizeit) und Jahresstruktur (Schule und Ferien). Erwachsene tauchten nie im Bild auf, lediglich die unsichtbare Lehrerin in der Schule wurde als undeutbare Stimme hörbar. Aber gerade diese gepflegte Bürgerlichkeit bildete die Kulisse, vor der die eigentlichen Fragen aufgeworfen werden konnten – und jetzt sind wir im Kern des Peanuts-Universums.

Hier liegt die schwere existenzielle Last, die jeder Mensch und vor allem jedes Kind zu tragen hat: Unsicherheit, Einsamkeit, Verzweiflung, Leid und Traurigkeit. Und hier spielt sich auch der Kampf dagegen ab, getragen von einer untilgbaren Hoffnung. Das alles verkörpert Charlie Brown – er ist ein messianischer Held, denn seine stille Botschaft lautet, dass die Hoffnung besteht, an irgendeinem Tag könne man sich vom Leid doch durch die Liebe erlösen. Überhaupt sind die Peanuts-Geschichten voll von einem unerfüllten Messianismus: Linus träumt davon, dass eines Tages zu Halloween der Große Kürbis erscheint und alle Kinder beschenkt. Lucy hat die Hoffnung, dass Schroeder sie eines Tages erhören wird. Charlie Browns große Liebe zu einem rothaarigen Mädchen wird nie erfüllt, weil er sich selbst mit seiner Schüchternheit, seinem Pessimismus, seinem Selbstzweifel im Weg steht. Als er einmal beschließt, zu ihr zu gehen und sich von nichts, aber auch wirklich nichts aufhalten zu lassen, fällt seine wildeste Entschlossenheit schon durch einen plötzlichen Regen in sich zusammen. Das Schicksal ist so grausam. (Der Strip befindet sich auf S. 43 in der Reclam-Ausgabe *Peanuts für alle Lebenslagen*.)

Snoopy ist sein Gegenpart: ein völlig hypertropher Hund, ein bisschen größenwahnsinnig bisweilen, phantasiert sich in die Rolle eines Piloten des Ersten Weltkriegs hinein, hält sich für einen Schriftsteller und nimmt zu allen menschlichen Belangen ein distanziertes, überlegenes Verhältnis ein. Immerhin: Er hat seinen Freund Woodstock, zu dem er manchmal etwas gemein ist, aber dem er auch sehr fürsorglich begegnet. Doch selbst Snoopy erleidet Niederlagen, z. B. wenn die Katze des Nachbarn ihn wieder einmal schlimm zurichtet. Nur weigert er sich, trotz aller Blessuren, solche Niederlagen anzuerkennen. Doch zu wenig oder zu viel Selbstbewusstsein – das sind nur zwei Strategien im Kampf gegen die Unbill der Welt. Man wird dem Versagen oder Scheitern nicht entkommen – aber man wird nicht aufhören, es doch zu probieren. Charles M. Schulz hat das mit den Peanuts 50 Jahre lang vorgeführt, und wir folgen ihm schon seit 75 Jahren.

Oliver Jahraus

Mascha Kaléko

7. 6. 1907 – 21. 1. 1975

50. Todestag

»Sie weiß auf alles eine Antwort, Laufmaschen, Halsweh, Eifersucht und billige Cafés – nichts ist ihr fremd. Sie reimt. Und das klug und mit Verstand! Sie ist eine Philosophin der kleinen Leute, vergaloppiert sich nie. Trotz Sentimentalität!« Das schrieb die deutsche Lyrikerin Anna Rheinsberg über die Dichterin Mascha Kaléko in der *WELT*. Nichts wäre abwegiger gewesen, als dass Nelly Sachs in ihren Gedichten über Laufmaschen geschrieben hätte oder Ingeborg Bachmann über Halsweh: Bei Mascha Kaléko war ein anderer Ton am Werk. In ihren Berliner Großstadtgedichten, geschrieben und veröffentlicht zu Beginn der 30er Jahre, spielt der Alltag mit seinen Sorgen und Hoffnungen die zentrale Rolle. Und dies grundiert sie mit einer ihr eigenen Melancholie und Sehnsucht, die keck und schnodderig daherkommt. »Großstadtliebe«, »Wenn man nachts nicht schlafen kann …«, »Krankgeschrieben«, »Quasi ein Mahnbrief« – so heißen ihre Gedichte. Aber nicht nur Sorgen und Nöte, auch großes Glück kann sie pointiert in Worte fassen: Ihr Gedicht »Sozusagen grundlos vergnügt« ist eine Ode an die Freude. Ihr erster Gedichtband, im Januar 1933 unmittelbar vor Adolf Hitlers Regierungsübernahme erschienen, trägt den eigentümlichen Titel *Das lyrische Stenogrammheft* – Mascha Kaléko verknüpft das Erhabene und das Gewöhnliche zu einer noch nie dagewesenen Mesalliance. Die könnte leicht ins Kitschige abgleiten, tut es aber nicht. Wenn sie über Liebeskummer und Einsamkeit schreibt, geschieht das nicht larmoyant, sondern mit einer seltsamen selbstironischen Tapferkeit, wie im Gedicht »Abschied«: Da sitzt sie einsam in ihrem Zimmer und weiß, dass dies nicht das letzte Mal sein wird, dass sie den »dünnen Kaffee« ganz allein wird austrinken müssen. Vielleicht sogar sehr oft …

Auch in dem späteren Gedicht »Weil du nicht da bist« aus dem 1945 erschienenen Band *Verse für Zeitgenossen* ist es, als ob sie von oben herab auf ihren Kummer und ihre Einsamkeit schaut mit einem leicht spöttischen Witz, ohne dass das Gefühl des Schmerzes beschädigt wird.

Man hat sie oft mit ihren Zeitgenossen Kurt Tucholsky, Joachim Ringelnatz und Erich Kästner verglichen. Und doch ist sie anders, ist singulär in der deutschsprachigen Lyrik. Was macht ihre Lyrik aus? Vielleicht sind es ihre warmherzigen Worte, in denen man sich verstanden und gesehen fühlt, wie im Gedicht »Chanson vom Montag«. In wenigen schmucklosen Worten umreißt sie, wie grauenvoll und niederschmetternd es sein kann, am Montagmorgen aufstehen und der Woche ins Gesicht sehen zu müssen – und doch tut sie das mit einem Augenzwinkern.

Ihre Gedichte erscheinen ab 1929 in der *Vossischen Zeitung*, dem *Berliner Tageblatt* und der *Welt am Mon-*

Mascha Kaléko.

tag – da ist Mascha Kaléko gerade 22 Jahre alt. Geboren wurde sie am 7. Juni 1907 im westgalizischen Chrzanów als Österreicherin. Ab 1918 lebte sie in Berlin. Und die Stadt rauscht in ihren Gedichten immer im Hintergrund, wie in »Julinacht an der Gedächtniskirche«, wo die Dächer im Fieber liegen und der Mond »schlecht rasiert und matt« über der pulsierenden Stadt steht.

Ende 1934 kann sie noch im Rowohlt Verlag das *Kleine Lesebuch für Große* veröffentlichen, doch ein Dreivierteljahr später wird sie aus der Reichsschrifttumskammer ausgeschlossen und bekommt Berufsverbot; 1937 wird das *Lyrische Stenogrammheft* zum »schädlichen und unerwünschten Schrifttum« erklärt. Mascha Kaléko gehört als Jüdin zu denen, die das Nazi-Regime ausgrenzt.

Im August 1938 gelingt ihr die Emigration nach New York, zusammen mit ihrem zweiten Mann, dem Komponisten und Musikwissenschaftler Chemjo Vinaver, und dem gemeinsamen Sohn Steven. Sie ist diejenige, die organisiert und sich um den Alltag kümmert – ihr Mann tut sich schwerer mit der fremden Sprache. Jahre später, als das Paar 1959 nach Jerusalem zieht, weil Chemjo Vinaver dort als Komponist für jüdische Sakralmusik näher an seinen Quellen ist, ist sie es, die fremd bleibt und es schwer hat, sich einzuleben. Sie zerbricht an dem allen nicht, doch bleibt die Vertreibung eine Wunde. In ihrem Gedicht »Emigranten-Monolog« heißt es am Ende, dass ihr zuweilen sei, »als ob das Herz in ihr zerbrach«. Sie habe »Heimweh«, doch sie wisse nicht, wonach …

In Westdeutschland wird Mascha Kaléko in den 50er Jahren wiederentdeckt. Und so reist sie nach Deutschland, in den Westteil Berlins. Es gibt einige Gedichte von ihr, in denen sie ihre Sehnsucht nach dieser Stadt beschwört und doch zugleich in Distanz stehenbleibt, weil sich etwas zwischen sie und die Stadt geschoben hat. In »Bleibtreu heißt die Straße« erinnert sie sich – in dieser Straße lebte sie, eine Gedenktafel erinnert heute daran – »eine alte Wunde, unvernarbt«. Das Gedicht »Ich denke oft an Kladow im April« (oder »Souvenir à Kladow«), »geschrieben im heftigen Vorfrühling Manhattans«, ist eine Erinnerung an »achtzehn Frühlinge«, die sie dort an der Havel verbrachte. Auch in »Wiedersehen mit Berlin« findet sie Worte für ihr Heimweh »nach den paar leuchtenden Jahren«, Aufbruch und Abschied in einem: Aufgewühlt geht sie durch die so vertraute und doch nun fremde Stadt und wird gefragt, wie sie »Berlin denn finde«. Wie sie es finde, fragt sie zurück – »Ach, ich such es noch!«

Ab 1955 ist Mascha Kaléko mehrmals in Berlin, manchmal mehrere Monate, zuletzt im August 1974. Sie tritt auf einer Lesung mit Ingeborg Drewitz und Horst Krüger auf unter dem Titel »Berlin – gestern, heute, morgen«. Mit Horst Krüger streift sie danach drei Tage durch die Stadt, an die Mauer beim Potsdamer Platz und an der Glienicker Brücke, an das Kleistgrab am Kleinen Wannsee, in den Norden in das einzige Dorf West-Berlins, Lübars, und ins Märkische Viertel, und an den Eichkamp, wo Horst Krüger aufgewachsen ist. Er hat diese Begegnung in dem schönen Text *Meine Tage mit Mascha Kaléko* festgehalten und schreibt, dass er versucht habe, sie zu überreden, wieder nach Berlin zu kommen. In Jerusalem fühlte sie sich, nach dem Tod ihres Mannes, noch verlorener. Es arbeitet in ihr, doch zu einer Entscheidung kommt sie nicht.

Vier Monate später, am 21. Januar 1975, stirbt Mascha Kaléko in Zürich an Magenkrebs. In den letzten Jahren muss sie bittere Verluste ertragen: 1968 stirbt ihr einziger Sohn Steven 31-jährig plötzlich an einer Bauchspeicheldrüsenentzündung. Chemjo Vinaver stirbt fünf Jahre nach seinem Sohn. In einem ihrer berühmtesten Gedichte, »Memento«, stimmt Mascha Kaléko eine Totenklage an, die nüchtern ist – mit den ihr zur Verfügung stehenden Mitteln kann sie Klage und Nüchternheit verbinden.

In ihren letzten Lebensjahren, nach dem Tod des Sohnes, war Kaléko müde, erschöpft und ruhelos geworden – ohne die Ruhe, auszuruhen, wie sie in einem Brief schreibt. Und doch findet man in ihren Gedichten Ermutigung – »Sei klug und halte dich an Wunder« schrieb sie in ihrem Gedicht *Rezept* – auch wenn sie selber kein Rezept für ihr Leben hatte.

Rezept

Jage die Ängste fort
und die Angst vor den Ängsten.
Für die paar Jahre
wird wohl alles noch reichen.
Das Brot im Kasten
und der Anzug im Schrank.

Sage nicht mein.
Es ist dir alles geliehen.
Lebe auf Zeit und sieh,
wie wenig du brauchst.
Richte dich ein.
Und halte den Koffer bereit.

Es ist wahr, was sie sagen:
Was kommen muss, kommt.
Geh dem Leid nicht entgegen.
Und ist es da,
sieh ihm still ins Gesicht.
Es ist vergänglich wie Glück.

Erwarte nichts.
Und hüte besorgt dein Geheimnis.
Auch der Bruder verrät,
geht es um dich oder ihn.
Den eignen Schatten nimm
zum Weggefährten.

Feg deine Stube wohl.
Und tausche den Gruß mit dem Nachbarn.
Flicke heiter den Zaun
und auch die Glocke am Tor.
Die Wunde in dir halte wach
unter dem Dach im Einstweilen.

Zerreiß deine Pläne. Sei klug
und halte dich an Wunder.
Sie sind schon lange verzeichnet
im großen Plan.
Jage die Ängste fort
und die Angst vor den Ängsten.

Über den literarischen Rang von Mascha Kaléko war sich die deutschsprachige Literaturwissenschaft nicht immer einig. Durch ihre Zugänglichkeit wurde sie oft nicht ernst genommen. Die Rezeption hat sich in den letzten Jahrzehnten deutlich in ein wertschätzendes Urteil geändert. Ihr Humor, ihre Tiefsinnigkeit und ihre – so Thomas Mann – »aufgeräumte Melancholie« (die nicht immer so aufgeräumt ist) werden zunehmend erkannt.

Sie war eine Dichterin, die wusste, dass zum Schreiben auch das Schweigen gehört.

Mein schönstes Gedicht …?
Ich schrieb es nicht.
Aus tiefsten Tiefen stieg es.
Ich schwieg es.

Torsten Flögel

Hannah Arendt

14. 10. 1906 – 4. 12. 1975

50. Todestag

Der kanadische Singer-Songwriter Leonard Cohen formulierte ebenso klarsichtig wie bissig in seinem Song »Everybody Knows«, dass anscheinend jeder, der nur die eine oder andere Zeile geschrieben habe, meine, damit bereits unsterblich zu sein: »And everybody knows that you live forever / when you've done a line or two.« Und tatsächlich findet sich heute in jeder Talkshow mindestens eine Kandidatin oder ein Kandidat, die oder der sich, ohne rot zu werden, Philosophin oder Philosoph zu nennen wagt. Im Dutzend billiger.

Hannah Arendt hingegen wehrte sich vehement gegen diese Etikettierung. In einem Interview mit Günter Gaus in der Fernsehsendung *zur person* aus dem Jahre 1964 (eine Sternstunde in der Geschichte des Fernsehens – und heute völlig undenkbar) führte sie als Reaktion auf die eigentlich wohl freundlich gemeinte Begrüßung durch Gaus aus, sie fürchte, dass sie hier protestieren müsse: Ihr Beruf sei politische Theorie, sie fühle sich »keineswegs als Philosophin« und glaube auch nicht, dass sie in diesen illustren Kreis der Philosophen aufgenommen worden sei. Doch wolle sie auf noch eine andere Frage zu sprechen kommen, die der Interviewer angeschnitten habe: Landläufig meine man anscheinend, dass die Philosophie »eine männliche Beschäftigung« sei, doch das brauche ja nicht so zu bleiben: »Es könnte ja durchaus sein, dass einmal eine Philosophin sein wird«.

Aber der Begriff der Philosophie sei so oder »vorbelastet durch die Tradition«, könne gar nicht mehr wertfrei verwendet werden.

Und solche Worte von einer Denkerin, die so umfassende Werke wie *The Origins of Totaliarianism* (1951, dt. *Elemente und Ursprünge totalitärer Herrschaft*) oder *The Human Condition* (1958, dt. *Vita activa*) geschrieben hatte, deren Aufsätze und Essays über Freiheit, Flüchtlinge, Menschenrechte bis heute einflussreich sind und die zu den scharfsinnigsten Denkerinnen und Kritikern gezählt wurde und gezählt wird!

Nur ein Beispiel für ihre intellektuelle Eigenständigkeit: Der Begriff der ›Verbrechen gegen die Menschlichkeit‹ verblüffte und amüsierte sie: ›Menschlichkeit‹ als Übersetzung von ›crime against humanity‹? Hätten sich die Nazis menschlicher verhalten sollen, als sie ihre Opfer massakrierten, vielleicht höflicher oder freundlicher? In ihrem umstrittenen Bericht von den Prozessen in Israel gegen Adolf Eichmann, den Mitorganisator der sogenannten Endlösung, d. h. des Versuchs, die Juden auszurotten, vermerkt sie: »als hätten es die Nazis lediglich an ›Menschlichkeit‹ fehlen lassen, als sie Millionen in die Gaskammern schickten, wahrhaftig das Understatement des Jahrhunderts«.

Solche Aussagen haben ihr viele nicht verziehen: Verblüfft, ja fast enttäuscht zu sein über die Erscheinung Adolf Eichmanns, das ging gar nicht. Man wollte ein Monster, ein Feindbild, eine Ausnahmeerscheinung des ultimativen Bösen, einen ›Dämon‹ oder ein ›Ungeheuer‹ und nicht ihre Beschreibung eines Bürokraten, wie es ihn zu Tausenden bereits gab. Ihr Ausdruck von der ›Banalität des Bösen‹ wurde als unzulässige Abschwächung empfunden, als rede sie den Holocaust klein (im Englischen sei der ähnlich lautende Begriff ›banality‹ nicht moralisch aufgeladen, bedeute ›Alltäglichkeit‹ oder ›Plattheit‹, wendete sie ein, und meinte in einem Interview: »Das war die Dummheit, die so empörend war. Und das habe ich eigentlich gemeint mit der Banalität.«). Und außerdem hatte sie es gewagt, die Rolle der Judenräte bzw. jüdischen Funktionäre in der Nazizeit zu problematisieren, die entsprechend ihrer Funktion oft mit den Nazis kooperiert hatten. Durchaus zu Recht wurde ihr vorgeworfen, in ihrem Bericht von den Prozessen in Israel 1963 nicht bedacht zu haben, dass Eichmann sehr wohl ein glühender Antisemit war (einen guten Einblick in die Spannungen und den Gegenwind, dem Arendt zu dieser Zeit ausgesetzt war, gibt das Biopic von Margarethe von Trotta).

Und immer wieder legte sie den Finger in die Wunde, etwa im Nachdenken über Menschenrechte, was diese überhaupt wert seien. So bemerkte sie in ihrem *Elemente und Ursprünge totalitärer Herrschaft*, die Menschenrechte hätten »immer das Unglück gehabt, von politisch bedeutungslosen Individuen oder Vereinen repräsentiert zu werden, deren sentimental humanitäre Sprache sich oft nur um ein geringes von den Broschüren der Tierschutzvereine« unterscheiden würde.

Für Arendt sollte es eigentlich um etwas anderes gehen, wie sie in ihrem Aufsatz *Es gibt nur ein einziges Menschenrecht* (1949) ausführt, nämlich um das Recht, überhaupt ein Recht zu haben, rechtliche Ansprüche geltend machen zu können, dass es nämlich »so etwas gibt wie ein Recht, Rechte zu haben (und das heißt: in einem System zu leben, wo man nach seinen Handlungen und Meinungen beurteilt wird), oder ein Recht, einer politisch organisierten Gemeinschaft zuzugehören«. Dies wüssten wir erst, »seitdem Millionen von Menschen auftauchten, die solche Rechte verloren hatten und sie zufolge der neuen globalen politischen Situation nicht wiedergewinnen konnten«.

In Zusammenhang mit unserem Umgang mit Flüchtlingen und Migrant:innen (etwa auf dem Mittelmeer) sind das vorsichtig ausgedrückt bedenkenswerte Aussagen – und auch in Bezug auf unsere europäischen Werte (Unantastbarkeit der menschlichen Würde des jeweiligen Individuums? Humanitäre Hilfe? Gastfreundschaft? Rechte von Minderheiten?).

Arendts eigenes Leben war eine Mischung aus Flucht und faszinierender Begegnung mit fast allen Größen ihrer Zeit, farbig, kaum zu fassen, ein Leben mit leichtem Gepäck, keinem nennenswerten Besitz, immer auf dem Sprung – die erste Flucht weg aus dem Elternhaus hinein in die Ehe und nach Berlin, die zweite Flucht nach Paris vor den Nazis (sie war von der Geheimen Staatspolizei inhaftiert worden, weil sie in der Staatsbibliothek

Hannah Arendt im Jahr ihrer Flucht nach Frankreich 1933.

durch ihre genauen Recherchen für ein Pressedossier über antijüdische Zeitungsartikel dem Personal aufgefallen war) und die dritte Flucht nach Amerika. Mit dabei: Walter Benjamins Hauptwerk, seine *Geschichtsphilosophischen Thesen*, das dieser ihr auf der Flucht anvertraut hatte, ehe er seinen eigenen Fluchtweg eingeschlagen und sich an der spanischen Grenze umgebracht hatte (zeitlebens sollte sich Arendt für ihren Freund und dessen Werk einsetzen).

Einen guten Einblick in das erstaunliche Leben (nicht aber in ihr Werk) gibt der brillante Comic *The Three Escapes of Hannah Arendt. A Tyranny of Truth* (2018), der auf Deutsch unter dem irreführenden, ja entstellenden Titel *Die drei Leben der Hannah Arendt* und sogar ohne Untertitel erschien, also ohne den Bezug auf ihre ständige Bereitschaft, weiterzuziehen, und ohne Bezug auf ihre Hauptobsession, sich nicht den Mund verbieten zu lassen – von wem auch immer.

Und diese Mesalliance: Die überbegabte junge Frau im Kreise der Genie-Schüler des charismatischen Martin Heidegger, unter diesen Hans Jonas, Leo Strauss, Herbert Marcuse, Karl Löwith, Emmanuel Levinas, Hans Georg Gadamer, um einige zu nennen, sie als einzige Frau bei jenem Heidegger, der spätestens seit der berüchtigten Rektoratsrede »Die Selbstbehauptung der Universität« (1933) sich den Nazis offen anbiederte, mit dem sie, die von den Nazis verfolgte Denkerin und Jüdin, eine Liebesbeziehung einging (für die man einen Lehrenden heute hochkant von der Universität werfen würde) – und die von dieser Liaison zu Lebzeiten nie etwas verlauten ließ. Sie sollte mit Heidegger bis zu seinem Lebensende Kontakt halten, und das ist vielleicht der seltsamste Punkt im Leben dieser Frau.

Als am 14. Juni 1940 die Deutschen, ohne auf nennenswerten Widerstand zu treffen, in Paris einmarschierten, war das Chaos groß im Internierungslager

Gurs in Südfrankreich, in das man Arendt verfrachtet hatte: Sie packte die Gelegenheit beim Schopf und ging einfach – fast als Einzige der 6 800 Lagerinsassen, die anscheinend lieber abwarten und nichts riskieren wollten. Als die Deutschen schnell und effizient die Verwaltung übernahmen, wurde als Erstes ein Stacheldrahtzaun hochgezogen und Adolf Eichmann kurze Zeit später mit dem Abtransport der dagebliebenen Frauen beauftragt.

Hannah Arendt verdankte ihrer klaren, unverstellten Sicht auf die Dinge ihr Leben. Und was hätten wir heute solch eine hellsichtige, gebildete, eigenständige und unbestechliche Stimme nötig!

Hannes Fricke

Literaturrätsel

Unser diesjähriger Rätseljubilar leidet unter einem in der Literaturgeschichte öfter vorkommenden Problem: Er ist weltberühmt, auch weit über seinen Tod hinaus – allerdings nur aufgrund eines Bruchteils seines Schaffens. Die überwältigende Masse seines Œuvres ist bis heute nur wenigen Interessierten bekannt. Ebenso das breite Spektrum dessen, was er verfasste: autobiographische Texte, Romane, Novellen, Dramen, Gedichte, Reiseberichte – und diejenige Textgattung, für die er in den Kanon der Weltliteratur aufgenommen wurde.

Geboren wurde der Gesuchte auf der drittgrößten Insel seines an Inseln nicht armen Heimatlandes. Die Verhältnisse, in die er hineingeboren wurde, waren ein weitverbreitetes Beispiel für die sozialen Härten der damaligen Gesellschaft: der Vater ein verarmter Schuhmacher, die Mutter eine alkoholkranke Wäscherin, die später im Armenhaus starb, die Tante Betreiberin eines Bordells – nicht die besten Aussichten für eine glänzende Karriere, dafür aber Inspiration für die Beschreibung sozialer Probleme selbst in seinen phantastischsten Texten. Den Weg hinaus aus dem schwierigen Milieu sah er für sich in der Kunst: Im Alter von 14 Jahren, nach dem Tod des Vaters, zog er auf eigene Faust in die Hauptstadt seines Heimatlandes, wo er versuchte, als Sänger, Tänzer und Schauspieler Fuß zu fassen.

Dieses Vorhaben misslang, doch dafür fand er einen väterlichen Gönner, den Direktor des Königlichen Theaters, der ihn sogar im eigenen Hause aufnahm und ihm damit eine Art Ersatzfamilie schenkte. Der Theaterdirektor blieb nicht sein einziger Förderer: Dank guter Kontakte in höhere Kreise erhielt unser Jubilar eine Förderung, um auf zwei Lateinschulen und schließlich der staatlichen Universität das nachzuholen, was ihm bis dahin an Bildung verwehrt worden war. Im Anschluss an das Studium ermöglichte ihm ein Reisestipendium, ausgedehnte Europareisen zu unternehmen, die er zeit seines Lebens wiederholen sollte. Viele seiner Werke wurden von seinen Reiseeindrücken inspiriert – und das ist auch der Grund, warum die Beschreibung der Welt in seinem vielleicht berühmtesten Werk nicht so sehr den eher nördlichen Gefilden seiner Heimat gleicht, sondern den sonnendurchfluteten Meeresgegenden südlicherer Länder.

Seine Reiselust führte auch zu zahlreichen internationalen Freundschaften. Vor allem zu Deutschland knüpfte er enge Verbindungen. Nicht nur besuchte er allein etwa 30-mal Dresden und den nahegelegenen kleinen Ort Maxen, wo ein befreundetes Mäzenaten-Ehepaar lebte; einige Zeit lang fand der Gesuchte aufgrund der beliebten Textgattung seiner berühmtesten Werke in Deutschland größere öffentliche Anerkennung als in seiner Heimat. Tatsächlich wurde sogar seine erste Autobiographie zunächst übersetzt und fand ihre Erstveröffentlichung in Deutschland.

Auf einer seiner vielen Reisen lernte unser Jubilar auch einen weiteren bis heute weltberühmten Schriftsteller kennen, der mit überwiegend realistischen und sozialkritischen Romanen bekannt wurde (der wohl berühmteste davon handelt von einem Waisenjungen, dessen Schicksal aus Armut, fehlender Bildung und harter Arbeit schon zu Kinder- und Jugendzeiten dem selbst Durchlebten unseres Jubilars frappierend ähnelt). Etwa zehn Jahre, nachdem sie sich kennengelernt hatten, besuchte unser Jubilar den befreundeten Romancier in dessen englischer Heimat – und hinterließ mit seinen exzentrischen Gewohnheiten, fehlenden Kenntnissen englischer Gepflogenheiten und dem Hang, den Besuch immer länger auszudehnen, einen katastrophalen Eindruck. Dass ihm nach seiner Abreise auf seine Briefe nicht mehr geantwortet wurde, soll ihm selbst immer ein Rätsel geblieben sein.

Trotz solcher gewöhnungsbedürftiger Eigenheiten gelang es unserem Jubilar, mit seinem literarischen Schaffen die Armut seiner frühen Jahre auf immer hinter sich zu lassen. Sogar eine außerordentliche Ehre wurde ihm zuteil: Noch zu seinen Lebzeiten sollte in der Hauptstadt seines Heimatlandes ein Denkmal für ihn errichtet werden – auf dessen Entwurf er persönlich einwirken durfte. Viele Vorschläge, die ihn umringt von Kindern zeigten, verwarf er, verärgert darüber, dass er auf eine Rolle als Kinderunterhalter reduziert wurde, die der ganzen Tiefe seiner gesellschaftskritischen Werke wirklich nicht gerecht wird. Wegen Verzögerungen in den Planungen konnte die feierliche Enthüllung schließlich erst fünf Jahre nach seinem Tod im Alter von 70 Jahren erfolgen.

Trotz der sträflichen Unbekanntheit der meisten seiner Werke gehört unser Jubilar bis heute zu den berühmtesten Literaten der Welt, und seine bekanntesten Geschichten erfreuen sich dafür einer umso umfassenderen Verbreitung und Bearbeitung. Die Verfilmungen seiner Texte sind ungezählt – von der ältesten bekannten aus dem Jahre 1902 (also nicht einmal drei Jahrzehnte nach seinem Ableben) bis zu einigen der erfolgreichsten Zeichentrick- und später Animationsfilme aus dem Hause Disney, die sich freilich inhaltlich allerlei Freiheiten erlauben. Dieser langanhaltende Ruhm dürfte nicht so bald verblassen, solange seine Werke von Generation zu Generation weitergegeben werden.

Alexander Kiensch

***

Wer den Namen der gesuchten Person weiß, schreibe an: Philipp Reclam jun. Verlag GmbH, Stichwort »Literaturrätsel«, Siemensstraße 32, 71254 Ditzingen. Oder auch per E-Mail an: literaturjahr@reclam.de. Einsendeschluss ist der 1. Mai 2025, unter allen richtigen Einsendern werden zehn Buchpreise verlost.

Auflösung des Rätsels 2024

Eine schwer zu knackende Nuss, das war Joachim Ringelnatz, den zwar viele als Lyriker kennen und schätzen, während wenig von seinen Kinderbüchern und noch weniger von seiner Malerei bekannt ist. Was man vor allem mit ihm in Verbindung bringt, das sind seine Gassenhauer um seine von ihm live so grandios verkörperte Figur des Matrosen Kuttel Daddeldu oder das eine oder andere zarte Liebesgedicht (»Ich habe dich so lieb! / Ich würde dir ohne Bedenken / eine Kachel aus meinem Ofen schenken«).

Hans Gustav Bötticher, so der bürgerliche Name des Viel- und Schönbegabten, wurde am 7. August 1883 in Wurzen bei Leipzig geboren und starb am 17. November 1934 in Berlin. 1904 diente er als sogenannter Einjährig-Freiwilliger bei der Kaiserlichen Marine in Kiel, 1905 stieg er zum Bootsmannsmaat auf. War er nicht auf See, war er mit seinen Berufen nicht wählerisch, versuchte sich u. a. als Archivar, Bänkelsänger, Bibliothekar, Buchhalter, Fremdenführer, Gartenbaugehilfe, Kaufmann, Kommis, Musiker, Postler, Reisebüroangestellter, Schaufensterdekorateur, Unternehmer, Verlagsangestellter oder Werbetexter.

Im Ersten Weltkrieg meldete er sich freiwillig zur Marine, war erst in der Münchener und dann in der Berliner Kabarettszene zu Hause (als das Kabarett noch unter sich war, eine Veranstaltung für andere gleichgesinnte Kabarettisten).

Sein 1924 erschienener Roman *... liner Roma ...* (also eigentlich: ›Berliner Roman‹) war der erste Großstadtroman, lange vor Alfred Döblins *Berlin Alexanderplatz* (1929) – nur leider kein Erfolg.

Die Nazis mochten ihn von Anfang an nicht: Kurz nach der Machtergreifung erhielt er Auftrittsverbot und wusste buchstäblich nicht mehr, wovon er leben sollte. Im Berliner Telefonbuch des Jahres 1934 war er gemeldet als »Joachim Ringelnatz, Kunstmaler«.

Der Kritiker Oskar Loerke vermerkte früh und verwundert über Ringelnatz' Anhängerschaft: »Künstler, die zwanzigmal bedeutender sind als er, behaupten überzeugt und selbstlos, er sei zehnmal bedeutender als sie. Wie kommt das?« Und auch der nun wirklich bedeutende Lyriker Peter Rühmkorf verbeugte sich in seinem Gedicht »Kringel an Ringel« (im Rätsel kurz anzitiert) tief vor dem deutschen Schriftsteller, Maler und Kabarettisten: »Wo in diesem fluidalen Berufe / ohnehin jeder jeden und jede beerbt / [...] / wünsche ich mir für die Tage nach Ladenschluss, / nein, keinen Ordensstern, keine Ehrenschleppe, / aber dass ihr vielleicht in die unterste Stufe / der Ringelnatztreppe / meinen Namen einkerbt«.

Hannes Fricke

Termine der Literatur- und Buchwelt

23.–25. Januar	Antiquaria Ludwigsburg
30./31. Januar	future!publish Berlin
11.–15. Februar	Didacta, Köln
13. Februar	HAM.LIT Lange Nacht junger deutschsprachiger Literatur und Musik
11.–13. März	London Book Fair
18.–30. März	lit.COLOGNE
21. März	Welttag der Poesie
27.–30. März	Leipziger Buchmesse
23. April	Welttag des Buches
14.–18. Mai	17. Literaturfest Salzburg
30. Mai – 1. Juni	Solothurner Literaturtage
12.–15. Juni	Poetry on the Road
13.–15. Juni	Literaturfest Meißen
24.–26. Juni	Bibliothekskongress und BiblioCon
25.–29. Juni	49. Tage der deutschsprachigen Literatur, Ingeborg-Bachmann-Preis
28.–31. August	Erlanger Poetenfest
11.–20. September	25. internationales literaturfestival berlin
13. Oktober	Verleihung des Deutschen Buchpreises

15.–19. Oktober	Frankfurter Buchmesse, Ehrengast: Italien
19. Oktober	Verleihung Friedenspreis des Deutschen Buchhandels
12.–16. November	Buch Wien
13.–30. November	Stuttgarter Buchwochen
21. November	Bundesweiter Vorlesetag
23./24.November	BUCHLUST Hannover
20.–23. November	Europäische Literaturtage

Reclams Lektüretipps

Aristoteles: Politik. Schriften zur Staatstheorie. Hrsg. und übers. von Gernot Krapinger. Stuttgart 2025. UB 14556. · **Jane Austen:** Stolz und Vorurteil. Übers. von Christian und Ursula Grawe. Stuttgart 2016. · Emma. Übers. von Christian und Ursula Grawe. Stuttgart 2016. · Verstand und Gefühl. Übers. von Christian und Ursula Grawe. Stuttgart 2016. · Mansfield Park. Übers. von Christian und Ursula Grawe. Stuttgart 2018. · Kloster Northanger. Übers. von Christian und Ursula Grawe. Stuttgart 2016. · Christian Grawe: Jane Austen. 100 Seiten. Stuttgart 2016. · **Epiktet:** Handbüchlein der Moral. Griechisch/Deutsch. Hrsg. und übers. von Kurt Steinmann. Stuttgart 2019. UB 8788. · Jörg Fündling: Die Philosophie der Stoa in 10 Lektionen. Stuttgart 2025. · **Ernst Jandl:** mal franz mal anna. Gedichte. Hrsg. von Klaus Siblewski. Stuttgart 2012. UB 18949. · Laut und Luise. Stuttgart 1976. UB 9823. · **Eduard Mörike:** Das Stuttgarter Hutzelmännlein. Märchen. Stuttgart 2020. UB 014021. · Gedichte. Stuttgart 1977. UB 7661. · Sämtliche Erzählungen. Hrsg. von Wolfgang Braungart. Stuttgart 2004. UB 18313. · **George Orwell:** Nineteen Eighty-Four. Engl. Ausgabe. Hrsg. von Susanne Lenz. Stuttgart 2021. UB 19992. · 1984. Übers. von Holger Hanowell. Stuttgart 2021. UB 19611. · Animal Farm. A Fairy Story. Engl. Ausgabe. Hrsg. von Johannes Röhrig. Stuttgart 2021. UB 19995. · Farm der Tiere. Eine Märchenerzählung. Übers. von Hans-Christian Oeser. Stuttgart 2021. UB 14056. · **Jean Paul:** Siebenkäs. Hrsg. von Carl Pietzcker. Stuttgart 1987. UB 274. · Dr. Katzenbergers Badereise. Stuttgart 1986. UB 18. · **Rainer Maria Rilke:** Gedichte. Stuttgart 2012. UB 9623. · Duineser Elegien. Die Sonette an Orpheus. Hrsg. von Wolfram Groddeck. Stuttgart 2017. UB 9624. · Das Buch der Bilder. Hrsg. von Ulrich Hohoff. Stuttgart 2022. UB 14244. · Die Aufzeichnungen des Malte Laurids Brigge. Hrsg. von Manfred Engel. Stuttgart 2014. UB 9626. · **Antoine de Saint-Exupéry:** Le Petit Prince. Frz. Ausgabe. Hrsg. von Ernst Kemmner. Stuttgart 2015. UB 19894. · Der kleine Prinz. Übers. von Ulrich Bossier. Stuttgart 2023. UB 14389. · **Friedrich Wilhelm Joseph Schelling:** Über das Wesen der menschlichen Freiheit. Hrsg. von Franz Josef Wetz. Stuttgart 2021. UB 14012. · Gerhard Gamm: Der Deutsche Idealismus. Eine Einführung in die Philosophie von Fichte, Hegel und Schelling. Stuttgart 2023. UB 9655. · **Charles M. Schulz:** Peanuts für alle Lebenslagen. Übers. von Matthias Wieland. Stuttgart 2023. UB 14390. · Snoopy für alle Lebenslagen. Übers. von Matthias Wieland. Stuttgart 2023. UB 014487. · **Thomas von Aquin:** Über sittliches Handeln. Lateinisch/Deutsch. Hrsg. von Rolf Schönberger. Stuttgart 2021. UB 18162. · **Virginia Woolf:** A Room of One's Own. Engl. Ausgabe. Hrsg. von Nicole Seifert und Jasmin Humburg. Stuttgart 2021. UB 19993. · Ein Zimmer für sich allein. Übers. von Axel Monte. Stuttgart 2012. UB 18887. · Mrs. Dalloway. Übers. von Hans-Christian Oeser. Stuttgart 2012. UB 18886.

Text- und Abbildungsnachweis

S. 46 Ostrakon aus Athen mit dem Namen Themistokles. – Wikimedia Commons, © Giovanni Dall'Orto.

S. 49 Rotfigurige Amphore aus dem 5. Jahrhundert v. Chr. – CC BY-SA 4.0 Wikimedia Commons, ArchaiOptix.

S. 55 Thomas Aquinas. Aus dem Fresko von Fra Angelico im Dominikanerkloster San Marco, Florenz (1438–1445). – Wikimedia Commons.

S. 62 Friedrich Schelling, Daguerreotypie von Hermann Biow (1848). – Wikimedia Commons.

S. 67 Jane Austen um 1810, gezeichnet von ihrer Schwester Cassandra. – CC BY-SA 4.0 Wikimedia Commons, Amano1.

S. 75 Jean Paul, Gemälde von Carl Christian Vogel von Vogelstein (1822). – Wikimedia Commons.

S. 79 Virginia Woolf (1926). – © National Portrait Gallery, London

S. 86 Thomas Mann (1937). – Fotografie von Carl Van Verchten (1880–1964) in der Van Verchten Collection, Washington D.C.

S. 93 Rainer Maria Rilke (1913). – Fotografie von Ludwig Oskar Grienwaldt, Wikimedia Commons.

S. 99 Eduard Mörike (1851). – Miniatur von Bonaventura Weiß, Wikimedia Commons.

S. 106 Antoine de Saint-Exupéry. – IMAGO / Pond5 Images.

S. 113 Anna Seghers. – IMAGO / Everett Collection.

S. 118 Ernst Jandl. – IMAGO / gezett.

S. 119 f. »ich dir zitieren …«. Ernst Jandl: Werke in 6 Bänden.

Hrsg. von Klaus Siblewski. – © 2016 Luchterhand Literaturverlag, München, in der Penguin Random House Verlagsgruppe GmbH.

S. 125 Faszinierende Aufnahme einer Orwell-Statue, die mit dem Schatten einen Leser beobachtet/anweist. – Mark Thomas / Alamy Stock Foto.

S. 130 Charlie Brown mit seinem Schöpfer Charles M. Schulz (1956). – ARCHIVIO GBB / Alamy Stock Foto.

S. 137 Mascha Kaléko. – Archivaufnahme.

S. 140 f. »Rezept«. Auszug aus: Mascha Kaléko: Sämtliche Werke und Briefe in vier Bänden. Hrsg. von Jutta Rosenkranz. – © 2012 dtv Verlagsgesellschaft, München.

S. 142 »Mein schönstes Gedicht …?« Auszug aus: Mascha Kaléko: Sämtliche Werke und Briefe in vier Bänden. Hrsg. von Jutta Rosenkranz. – © 2012 dtv Verlagsgesellschaft, München.

S. 147 Hannah Arendt im Jahr ihrer Flucht nach Frankreich 1933. – Wikimedia Commons.

Meine Lektüren 2025

Autor/Autorin Titel

Meine Lektüren 2025

Autor/Autorin Titel

Meine Buchwünsche 2025

Autor/Autorin Titel

Meine Notizen

Meine Notizen

Meine Notizen

Meine Notizen